Rainer Kitting

Durch Sturm und Stille

Roman

edition keiper

edition keiper

www.editionkeiper.at

1. Auflage September 2022
Covergestaltung, Layout und Satz: textzentrum graz
Coverbild: iStock
Lektorat: Maria Ankowitsch
Autorenfoto: Privat
Druck: OOK Press KFT
ISBN 978-3-903322-71-4

Das Land Steiermark
→ Kultur, Europa, Sport

GRAZ

Rainer Kitting

DURCH STURM UND STILLE

Roman

Personen

Ben	Nahm den Profivertrag des FC Tüche nicht an; tourt mit Nick Theilers Band
Christian	Wechselte nach dem Gewinn der U-17-Meisterschaft von Tüche nach England zu Reds FC
Rami	Schaffte den Sprung in den Profikader des FC Tüche
Paul	Musste nach einem Fehlverhalten die Akademie verlassen; wohnt wieder bei seinem Vater
Layla	Christians Freundin; betreibt einen YouTube-Kanal
Michael	Laylas Vater; Scout von Reds FC
Samuel Hoefler	Comicbuchzeichner; arbeitet mit Christian an einem Comicbuch
Nick Theiler	Besitzer eines Musikladens; tourt mit seiner Band durch die Welt
Sandi	Bens Freundin; Christians Schwester
Lara	Pauls Freundin aus Kindertagen
Adam	Co-Trainer beim FC Tüche; trainierte die vier Jungs in der Akademie
Lukas	Co-Trainer der U-17-Mannschaft in der Akademie des FC Tüche
Peter	Kapitän der Profimannschaft des FC Tüche
Pauls Vater	Ex-Profispieler
Ramis Vater	Ex-Profispieler, Champions-League-Sieger 1997

Einleitung

Livington ist eine Stadt in England. Sie ist für ihren Exporthafen und die beiden städtischen Fußballmannschaften bekannt. Reds FC und Toffee City. Die letzten Meistertitel beider Teams liegen Jahrzehnte zurück. Reds FC schloss in den vergangenen Jahren wieder an die Spitze der Liga an und machte sich im europäischen Fußball einen Namen.

Dichter Nebel ließ Livington wie eine Geisterstadt aussehen. Ein Linienbus fuhr langsam durch die engen Gassen und bog um eine Kurve. Der Busfahrer konzentrierte sich, um im grauen Dunst die Straße zu erkennen. Plötzlich wurde er zu einer Vollbremsung gezwungen. Vor dem Bus tauchte ein Mann aus dem Nebelschleier auf und überquerte in schnellen Schritten die Straße. Energisch drückte der Busfahrer nach dem Stillstand auf die Hupe. Der Mann wendete seinen Kopf in Richtung des Busses. Seine langen schwarzen Haare flogen zur Seite und sein Gesicht kam zum Vorschein. Er gestikulierte mit der Hand.

»Watch out!«, rief der Busfahrer aus dem geöffneten Fahrerfenster. »Or you will get another scar on your face.«

Der Mann rief ein »Sorry« in Richtung des Busfahrers, richtete seinen Blick nach vorn und ging weiter. Als er um eine Hausecke bog, nahm der Bus seine Fahrt wieder auf und verschwand hinter der Nebelwand.

1
Christian

Christian hatte von diesem Vorfall wenig mitbekommen. Er saß gedankenversunken in der letzten Reihe des Busses und sah aus dem Fenster. Aus dem Ärmel seines T-Shirts lugte ein Verband hervor, der mit einem Pflaster fixiert war. Das Abenteuer in Livington hatte er sich anders vorgestellt. Sein neuer Verein Reds FC kämpfte in der englischen Liga um den Meistertitel, doch er war nicht der Grund dafür. Hauptsächlich waren für ihn Einsätze in der Amateurmannschaft an der Tagesordnung. Er konnte sich nicht ins Team integrieren und bekam kaum eine Chance, sein Können unter Beweis zu stellen. In zwei Wochen war die Meisterschaft zu Ende und bis auf zwei Kurzeinsätze hatte Christian in der Profimannschaft nichts zu verbuchen. Die Vereinsführung wollte ihn in der Winterpause verleihen. Er hatte daraufhin gebeten, damit noch bis zum Meisterschaftsende zu warten. Diesem Wunsch war der Verein nachgekommen. Christian wollte sich im Training gegen seine Konkurrenz durchsetzen und das Leihgeschäft verhindern, doch bis jetzt ohne Erfolg.

Bei den Fans kam er gut an. Besonders bei den weiblichen Jugendlichen war er sehr begehrt. Jede Woche waren Liebesbriefe in seiner Post. Er versuchte jeden zu beantworten und wies dabei auf seine Beziehung mit Layla hin. Ihr Vater Michael war Scout des Reds FC und hatte Christian nach England gelotst.

Christians Gedanken schweiften ab. Was seine Freunde Ben und Rami wohl gerade machten? Den Winter hatte er in seinem Heimatort Tüche verbracht und viel mit Rami unternommen. Ben war zu dieser Zeit nicht in der Stadt gewesen, wodurch er gezwungen war, mit ihm viele Telefongespräche zu führen. Nur vom vierten ihres Freundeskreises, Paul, hatte er seit dem Finalspiel in der Tüche-Akademie nichts mehr gehört. Paul reagierte weder auf seine Anrufe noch auf Nachrichten. Christian vermisste seine Freunde.

Layla riss ihn aus seinem Tagtraum.

»Toll, dass wir Blut gespendet haben«, sagte sie, während sie sich mit dem Handy filmte. »Wir sind gute Menschen und hoffen, dass ihr das auch macht. Chris …«, sie schwenkte das Handy für eine Sekunde zu Christian und dann wieder zurück, »… und ich werden euch auf dem Laufenden halten. Bis zum nächsten Mal, eure Layla.« Sie steckte das Handy in ihre Tasche.

Derart toll war das Blutspenden nicht gewesen. Zumindest wenn man Layla dabei beobachtet hatte. Beim Ausfüllen des Fragebogens zog sie über die Fragen her und merkte an, wie stumpfsinnig sie diese fand. Als der Sanitäter bei der Anmeldung nach ihrem Ausweis fragte, runzelte sie die Stirn und gab »Kennen Sie mich denn nicht?« als Antwort. Genauso verblüfft war ihr Gesichtsausdruck, als sie sich auf eine Liege legen musste, auf der vor Sekunden noch ein Herr mittleren Alters sein Blut gespendet hatte. Mit Feuchttüchern hatte sie die Liege abgewischt, ehe sie es sich darauf gemütlich machte. Die kleinen Snacks und das Trinken, das sie nach dem Spenden bekamen, lehnte sie mit einem »Wurde das aus einer Armenküche entnommen?« ab. Bis kurz vor dem Dreh ihres Videos hatte sie sich über die

Umstände beim Blutspenden bei Christian ausgelassen. Er hingegen schätzte den Hintergrund des Blutspendens sehr, aber mit Layla zusammen hob es seine Stimmung an diesem Tag nicht.

»Ich weiß, du bist Influencerin, aber musst du mich immer in deinen Videos zeigen?«, fragte Christian mürrisch.

»Du bist mein Freund und meine Fans wollen uns gemeinsam sehen. Ist alles in Ordnung?«, antwortete sie und strich sich ihre Haare hinter die Ohren.

»Keine Ahnung. Ich habe mir dieses Jahr anders vorgestellt. Ich wollte mich gegen meine Mitspieler durchsetzen, damit ich Stammspieler werde. Im Moment fühle ich mich nicht besonders wohl.«

»Schatz, du bist ein hervorragender Fußballspieler und noch sehr jung. Deine Zeit wird kommen. Und du bist berühmt, viele fragen nach dir in meinen Videos. Ist das nicht toll?«

»Ja … ich denke schon.«

Layla rückte ein Stück näher, schoss ein Selfie von ihnen beiden und tippte mit einem Lächeln einen passenden Text zum eben aufgenommenen Bild in ihr Handy. Christian blickte wieder aus dem Fenster und sah die städtische Konzertarena. Vor dem Eingang drängelten sich unzählige Menschen, um hineinzukommen. Die Leute erinnerten ihn an das Konzert in Tüche im letzten Jahr. Auf der Plakatwand der Arena war ein Aushang angebracht. »Never Say Die!-Tour with Parkway Drive, Comeback Kid, Your Demise and many more«, las Christian. Ben würde bestimmt zu diesem Konzert gehen.

»Wir müssen bei der nächsten Station aussteigen«, sagte Layla und wandte sich zum Ausgang. Christian stand auf, löste seinen Blick von den Konzertbesuchern und folgte ihr.

Etwas verdrossen und mit den Händen in den Hosentaschen machte er sich auf den Weg zu seiner Wohnung. Layla stolzierte neben ihm her.

»Hast du an deiner Haltung gearbeitet, Chris?«, fragte sie.

»Klar«, antwortete er knapp.

»Es sieht aber nicht danach aus.« Mit der Hand drückte sie seinen Rücken gerade und zog seine Hände aus den Taschen, dass es ihm vorkam, als wäre er die Statue eines Soldaten.

Christian ließ seine rechte Hand an die Stirn schnellen »Sir, ja, Sir … ähm … Madam.«

»Das ist nicht witzig, Chris. Was sollen die Leute dabei denken?«

»Welche Leute?«, erwiderte Christian.

»Diese!« Layla machte eine schwungvolle, fast einladende Armbewegung. Außer einem dunkelhaarigen Mann auf der anderen Straßenseite war niemand im Nebel zu sehen.

»Ich sehe kaum jemanden. Und außerdem ist mir egal, was andere von mir denken.«

»Da!« Layla zeigte auf einen Jungen, der im Nebel zu ihnen durchbrach. Damit wollte sie wohl andeuten, dass noch jemand sie sehen konnte. Der Junge fuhr mit seinem Skateboard auf der Straße und übersah eine zusammengedrückte Dose auf dem Asphalt. Diese verkeilte sich in den Vorderrädern des Skateboards und stoppte es abrupt. In hohem Bogen fiel der Junge auf die Straße. Layla konnte sich vor Lachen kaum halten.

Der Junge stand auf, klopfte sich wütend mit der einen Hand das T-Shirt sauber und rieb sich mit der anderen Hand sein Knie. Dann humpelte er zu seinem Skateboard, entfernte die Dose von den Rädern und warf sie wütend weg. Mit dem Skateboard in der Hand verschwand er im Nebel.

Sie kamen an Christians Wohnhaus an und blieben vor der Tür zum Stiegenhaus der Wohnanlage stehen. An der Wand befanden sich die Knöpfe der Klingel für jede Einheit im Haus. Layla gab Christian einen Kuss.

»Ich melde mich später bei dir«, hauchte sie und ging weg.

Er schaute ihr hinterher, steckte seine Hände in die Hosentaschen und atmete tief durch. Die rosarote Brille, durch die er sie im letzten Jahr gesehen hatte, war verschwunden. Trotzdem hatte er Layla sehr gern.

Christian suchte in seinen Hosentaschen den Schlüssel für die Tür. Nein! Er fand nur jenen für die Tür zu seinem Apartment im sechsten Stock. »Bitte sei nicht abgeschlossen«, stöhnte er.

Verdammt! Er drückte mehrere Knöpfe an der Wand. Mit einem lauten Surren gab ihm jemand die Tür frei und er schlüpfte erleichtert in den Vorraum der Wohnanlage. Zum Glück wohnten in dem Gebäude nur seine Mitspieler und jeden zweiten Tag vergaß jemand den Schlüssel für den Haupteingang zum Stiegenhaus.

2
Paul

Paul saß im Park seines Heimatortes auf einer Bank und wurde von der hoch am Himmel stehenden Sonne beleuchtet. Sein Blick ging teilnahmslos in die Ferne und fiel auf eine kleine Menschengruppe. Kinder tollten an einem Klettergerüst. Ihre Eltern standen daneben und unterhielten sich. Auf einem Tisch waren Getränke und Speisen bereitgestellt. Ein Clown mit Schuhen in Übergröße trug eine Torte zum Tisch und rief die Kinder zu sich.

»Paul?«, sprach ihn ein Mädchen an und setzte sich neben ihn. »Kennst du mich noch?«

»Lara?« Paul sah das Mädchen fragend an. Während er den Namen sagte, erinnerte er sich an das Nachbarsmädchen aus seiner Kindheit. Sie hatten früher jeden Tag miteinander gespielt. Unter einem roten Bandana lugten schwarze kurze Haare hervor. Das Gesicht war zweifelsfrei jenes von Lara. Beunruhigt rutschte Paul auf der Bank hin und her.

»Genau. Meine Mutter hat mir gesagt, dass du wieder zu Hause wohnst. Sie hat mir erzählt, dass du die Akademie verlassen musstest. Das tut mir wirklich leid.«

Paul drehte den Kopf zur Seite und atmete verärgert durch die Nase aus.

»Wenn ich dir irgendwie helfen kann«, fuhr Lara fort und legte ihre Hand auf Pauls Schulter, »dann sag Bescheid. Ich bin die nächsten zwei Wochen zu Hause und mache eine Pause von meinem Studium.«

»Ich brauche keine Hilfe von dir«, fauchte Paul und schlug Laras Hand beiseite.

»Ich muss los«, sagte diese unsicher. »Wenn du es dir anders überlegt hast, melde dich bei mir.«

Lara stand irritiert auf und ging. Paul würdigte sie keines Blickes. Er erhob sich von der Parkbank und marschierte in Richtung der angrenzenden Häuser. Mit hängendem Kopf und den Händen in den Hosentaschen schlenderte er durch die Stadt. Ein Regentropfen landete auf seinem Nasenrücken. Augenblicke später prasselte ein Regenschauer auf Paul hernieder. Es machte ihm nichts. Der Fußmarsch im Regen tat ihm sogar gut, stellte er fest.

Nach einiger Zeit kam Paul an eine Brücke und blickte in die Tiefe. Ein Fluss lief unter der Brücke hindurch und führte Tonnen von Wasser mit sich. Paul hob einen auf dem Boden liegenden Stein auf und warf ihn über das Geländer. Seine Augen folgten dem Stein. Nach wenigen Sekunden traf er auf die Oberfläche des Wassers auf. Paul hob einen weiteren Stein auf und setzte sich auf das Geländer. Was mache ich hier, fragte er sich. Seine blonden Haare und seine Kleidung waren durchnässt vom plötzlichen Regen, der jetzt nur noch als leichtes Nieseln vom Himmel fiel. Eine Katze lief an ihm vorüber und schmiegte sich an den Pfosten des Geländers. Paul holte mit der Hand aus und zielte mit dem Stein auf das Tier. Er verfehlte sein Ziel knapp. Die Katze schreckte auf und lief davon, direkt vorbei an einem kleinen Hund. Dieser schnellte hoch, wurde aber mitten in der Bewegung knallhart zurückgehalten.

Pauls Mund verformte sich zu einem Lächeln. Das erste Mal seit Tagen. Mit Schwung sprang er auf den Gehweg und eilte belustigt zu dem Hund. Dieser kauerte sich erschrocken in sich zusammen. Die Leine des braun-weiß gefleckten Hundewelpens war am Brückengeländer befestigt und ließ dem Tier nur wenig Spielraum. Als Paul vor dem Hund stand, sah dieser zu ihm auf. Seine großen schwarzen Augen bohrten sich in Pauls Seele. Er hatte noch nie so etwas gefühlt. Obwohl der Regen seinen Körper gekühlt hatte, war ihm warm und er spürte ein Kribbeln. Er machte kehrt und wollte den Rückweg antreten. Bevor Paul die Brücke verließ, drehte er sich noch einmal um. Der Hund kauerte noch immer ängstlich am Boden.

Paul ging langsam zurück. Er löste die Leine und hob den Hund hoch.

»Komm, gehen wir nach Hause.«

Paul hielt den kleinen Hund im Arm und klingelte an der goldenen Türklingel. Er wusste, dass er sich entschuldigen musste. Die Eingangstür öffnete sich. Vor ihm stand Lara.

»Tut mir leid«, stammelte Paul.

»Was tut dir leid?«, fragte Lara.

»Dass ich unfreundlich zu dir war.«

»Schon gut, vergiss es. Seit wann habt ihr einen Hund?«

»Ich habe ihn vorhin gefunden. Er war an ein Brückengeländer gebunden und hat keine Marke oder Adressangabe. Ich glaube, er wurde ausgesetzt.«

»Der arme Kerl. Ein Glück, dass du ihn gefunden hast.« Lara kraulte den Hund am Kopf. »Gehen wir zu unserem Geheimquartier?«

Paul grinste.

»Gerne. Es ist eine Ewigkeit her, dass ich dort war.«

Lara und Paul gingen die Straße entlang, bis sie aus dem Siedlungsgebiet heraus waren. Der Regenschauer war vorüber und die Wolken der Sonne gewichen. Über einen

Feldweg gelangten sie in den nahegelegenen Wald, Vogelgezwitscher begleitete sie. Am Waldrand stand ein Baum, der größer und stärker als die anderen war. Eine alte zerfledderte Strickleiter hing von einem Ast herab und am oberen Ende der Leiter sah man Holzbretter zwischen dem Gestrüpp hervorragen.

Paul band den Hund mit der Leine am untersten Ast fest, kletterte hinauf und half anschließend Lara, zwischen den Holzbrettern nach oben zu kommen.

»Unser altes Baumhaus«, sagte er. »Da kommen Erinnerungen hoch. Ich verbrachte als Kind an manchen Tagen mehr Zeit hier als zu Hause.«

»Ja. Wir haben hier viel erlebt. Bis du dich entschieden hast, die Akademie zu besuchen.«

»Stimmt. Die Akademie.«

Paul nahm einen losen Ast und drehte ihn zwischen seinen Händen hin und her.

»Willst du mir sagen, was los ist, Paul?« Lara blickte ihn mit ihren braunen Augen an.

»Keine Ahnung. Ich bin im Moment ein wenig durch den Wind. Nachdem ich von der Akademie gewiesen wurde, brach zunächst eine Welt für mich zusammen. Ich habe mich tagelang im Zimmer eingesperrt.«

»Was hat dein Vater dazu gesagt?«

»Der sitzt die meiste Zeit mit seinem Bier und seinen Wettscheinen vor dem Fernseher.«

»Und deine Mom?«

»Die hat sich in ihrer Auszeit, wie sie es nennt, noch immer nicht gemeldet.«

»Was machst du jetzt?«

»Ich möchte erst einmal meinen Schulabschluss fertig machen. Zum Glück konnte ich auf die Schule bei uns im

Viertel wechseln. Meine Noten sind alle positiv, aber ich muss noch die Abschlussprüfungen bestehen. Was danach kommt, weiß ich noch nicht.«

»Und der Fußball?«

»Ein Verein aus der Nachbarstadt wollte mich unter Vertrag nehmen, aber ich habe das Angebot nach reichlicher Überlegung abgelehnt. Ich habe seit dem Verweis keinen Fußball mehr angerührt.« Paul entkam ein lauter Seufzer. »Vielleicht frage ich bei einem Amateurverein in unserer Gegend an, ob sie noch einen Spieler benötigen.«

»Das verstehe ich.« Lara gab Paul einen Klaps auf die Schulter. »Kennst du noch den kleinen Joey aus dem Kindergarten?«, fragte sie.

»Na klar. Das war doch der Junge, der mehrmals eine Handvoll Sand in den Mund genommen hat. Was ist mit ihm?«

»Seine Eltern führen eine Tischlerei und bilden Tischler aus. Vielleicht könntest du das nach der Schule machen.«

»Einen handwerklichen Beruf finde ich gut. Ob ein Tischlereibetrieb für mich in Frage kommt, kann ich nicht sagen, aber ich kann es mir ansehen. Danke für den Tipp. Wie geht es dir im Moment? Was machst du?«

»Ich studiere Grafikdesign und Kunstgeschichte auf der Uni. Bis jetzt habe ich alle Prüfungen in Mindestzeit abgelegt und deshalb genehmige ich mir eine kleine Pause, um meine Eltern zu besuchen.«

»Ich erinnere mich. Du warst sehr froh, dass du von hier weggekommen bist, als du das Studium begonnen hast, nicht wahr?«

Laras Gesichtsausdruck war erstarrt. »Ja. Ich wollte weit weg von meinen vornehmen Eltern, ich habe es zu Hause nicht mehr ausgehalten.«

»Hat sich das geändert?«

»Nein. Ich hatte die Hoffnung, wurde aber bei meiner Ankunft eines Besseren belehrt.«

Danach trat für einen Moment Schweigen ein, bis Paul aufsprang.

»Ein Wettrennen bis zu uns nach Hause!«, schrie er.

»Was?«, fragte Lara verdutzt.

Paul war die Leiter bis zur Hälfte hinuntergestürmt. »Wer zuerst in unserer Einfahrt ist, hat gewonnen.«

Paul leinte den Hund vom Ast ab und begann zu rennen. Er blickte über seine Schulter und sah, wie Lara ihnen folgte. In der Abenddämmerung kam Paul mit dem Hund im Arm als Sieger zu Hause an. Keuchend traf Lara nach ihm ein.

»Glückwunsch, Paul«, sagte sie. »Ich muss jetzt ins Haus gehen.« Eine Einfahrt weiter befand sich das Haus ihrer Eltern. Sie öffnete die Tür und winkte im Hineingehen Paul zum Abschied.

Das Gefühl eines Sieges empfand Paul nicht, aber er fühlte sich nach diesem Nachmittag mit Lara besser als zu Beginn dieses Tages.

3
Ben

Ben hielt behutsam eine E-Gitarre in seinen Händen, bedacht, sie nicht kaputt zu machen. Sanft stellte er das Instrument in die dafür vorgesehene Halterung. Daneben hing ein Schild mit der Aufschrift »Originale Gitarre von Slash«.

Vor vier Monaten war er von der Tournee mit Nick Theiler, dem Inhaber des Musikladens, in dem er jetzt stand, zurückgekommen. Er erinnerte sich:

Die Tournee war, bis auf wenige Zwischenfälle, wie geplant verlaufen. Vor dem letzten Auftritt trug Ben eine der Boxen auf die Bühne. Dabei übersah er eine Stufe, geriet ins Stolpern und verlor die Balance. Im letzten Moment erlangte er wieder das Gleichgewicht und konnte die Box behutsam abstellen.

»Die große Box steht noch draußen. Stell sie bitte auf den dafür vorgesehenen Platz«, bat ihn Nick. Voller Konzentration hob Ben den Lautsprecher an. Mit kleinen Schritten trug er ihn in das Gebäude. Diesmal sah er die Stufe und bewältigte sie gekonnt. Er trat mit dem Fuß auf – *knack*!

»Aua!« Mit schmerzverzerrtem Gesicht stellte er die Box ab. Die Verletzung vom letzten Jahr war im Grunde verheilt. Nun aber spürte er bei jeder Bewegung einen Schmerz im Knöchel. »Alles in Ordnung, Ben?«, fragte Nick besorgt.

»Ich bin die Stufe hinaufgestiegen und seitdem schmerzt mein Knöchel.«

»Geh hinter die Bühne und ruh dich aus. Wir treiben dir einen Eisbeutel zum Kühlen auf.« Ben humpelte in die

Umkleidekabine und ließ sich auf einem Stuhl nieder. Ich werde die Tournee beenden, redete er sich ein, während er den verletzten Fuß massierte. Bis zum Konzertbeginn hielt er den Eisbeutel, den Nick ihm brachte, gegen seinen Knöchel.

»Kannst du spielen?«, vergewisserte sich Nick vor dem Konzert.

Er konnte. Doch jedes Mal, wenn Ben das linke Pedal des Flügels betätigte, um eine Klangfarbenveränderung zu bewirken, brannte sein Knöchel höllisch. Er zog das Konzert bis zum Schluss durch und war froh, dass die Tournee zu Ende war und er seinen Fuß schonen konnte.

Wochen zuvor hatten sie einen Auftritt in einer Großstadt gehabt. Ben saß wie gewohnt am Flügel und ging in Gedanken den Ablauf der Show durch. Plötzlich bemerkte er einen Stich im Kopf. Er wusste, was das bedeutete. Vor Monaten hatte der Arzt in der Akademie in Tüche bei ihm eine Migräne diagnostiziert. In Bens Sichtfeld breitete sich ein Flimmern aus, als sie zu spielen begannen. Er schloss die Augen, um sich auf die Musik zu konzentrieren. Ohne auf die Tasten zu sehen, konnte er das Stück beenden. Nur das Schwarz mit dem weißen Zickzack-Muster prangte vor seinem inneren Auge. Als der Zeitpunkt für die letzte Musikeinlage kam, öffnete er seine Augen wieder. Sein Sichtfeld hatte sich normalisiert. Starke Schmerzen hämmerten nun wie ein Schlagbohrer jede Sekunde auf seinen Kopf ein. Das Licht im Saal wurde gedämmt. Ein Scheinwerfer warf seinen Lichtstrahl auf Ben und stellte ihn in den Mittelpunkt. Er atmete tief ein und aus. Langsam legte er seine linke Hand auf die Tasten und erzeugte mit den Fingern einen Ton. Seine rechte Hand folgte und ließ einen höheren Ton erklingen. Mit mehreren Handgriffen ging er nach den langgezogenen zu kurzen aggressiven Tönen über. Im zweiten Teil des Stücks flogen seine Finger über die Tasten. Fünf Minuten dauerte sein Solo. Am Ende saß er schweißgebadet vor dem Flügel. Unter tobendem Applaus ging der Scheinwerfer aus. Ben bedankte sich beim Publikum und eilte von der Bühne. Noch nie fiel es ihm derart schwer, Claude Debussys *Clair de Lune* zu spielen. Hinter der Bühne suchte er die Umkleidekabine auf. Sein Kopf pochte. Im Dunkeln legte er sich auf das Sofa und versuchte seine Atmung zu normalisieren. Erschöpft schlief er ein.

Von anderen Schwierigkeiten blieb er verschont. Einen Auftritt hatten sie in England in der Nähe von Manbrag gehabt. Während des zweiten Stücks sah er, an seinem Flügel sitzend, in die Menge und erspähte Dave Sanchez. Das war einer der weltbesten Tormänner, spanischer Nationalspieler und zufällig auch Bens Freund. Als die Vorstellung zu Ende war, wartete Dave vor der Konzerthalle auf Ben. Dave erzählte ihm dann von seinen schwierigen Monaten. Nach unzähligen Spielen, in denen er seiner Mannschaft immer wieder den Sieg gerettet hatte, kam der eine oder andere Fehler von ihm. Die Medien und Fans kritisierten ihn daraufhin massiv. Ben tröstete Dave, dass das eben der Fußball sei. Aber die Spiele und das Leben gingen weiter. Dave lächelte und wusste, dass Ben ihm gerade jene Worte sagte, wie er sie ihm in der letzten Saison gesagt hatte, als sie sich in Manbrag kennenlernten.

Zwei Konzerte hatten nicht weit von Tüche entfernt stattgefunden. Dazwischen hatten sie eine viertägige Pause, um sich zu erholen. In diesen Tagen machte Ben mit seiner Freundin Sandi einen Kurzurlaub auf einer Alm, wo sie drei Nächte in einer Hütte im Wald schliefen. Am zweiten Tag standen sie vor Sonnenaufgang auf und wanderten an einen naheliegenden See. Dort angekommen, suchten sie sich ein kleines Plätzchen und machten Yoga. Während des »Herabschauenden Hundes« blickte Ben zu Sandi. Sie hatte ihre kastanienbraunen Haare geflochten und zu einem Pferdeschwanz gebunden. Sanfte Musik schwebte aus der mitgebrachten Musikbox. Hinter dem See sah man zum angrenzenden Berg, der die Sonne halb verdeckte und dessen Spitze in ein sattes Orange gefärbt war. Als sie den Morgensport beendet hatten, gingen sie zur Alm, in der der Betreiber ihrer Übernachtungsmöglichkeit wohnte. Bei einem deftigen Frühstück beobachteten sie, wie eine große Ziegenherde zur Alm trappelte, es sich neben ihnen auf der Wiese gemütlich machte und entspannt Gras zupfte. Danach konnten sie dem Almbesitzer zusehen, wie er Milch verrührte, die später als köstlicher Bergkäse verkauft wurde.

Am letzten Tag des Urlaubs fuhren sie in die nächstgrößere Stadt, die an einem großen See lag. In diesem See befand sich eine Insel mit einem Schloss darauf, die sich die beiden unbedingt ansehen wollten. Ben und Sandi borgten sich im Bootsverleih ein Ruderboot aus und machten sich auf den Weg zur Insel. In der Sonne lief Ben beim Rudern der Schweiß über die Stirn. Am Ufer angekommen, vertäute er das Boot am Steg und half Sandi aus dem Wasserfahrzeug. Direkt neben dem Steg waren eine alte Holzbaracke und ein Unterstellplatz. Dutzende Esel waren dort an Pfählen angebunden. Ben und Sandi streichelten die Esel und gaben ihnen Heu, das in einer Ecke lag, zum Fressen. Ein Mann kam aus der Baracke und bot ihnen an, sie gegen ein Entgelt auf einem Esel zum Schloss zu bringen. Mit einem breiten Hut schützte der Mann sein Gesicht vor den heißen Sonnenstrahlen. Ben drehte sich zu dem mittelalterlichen

Bauwerk hin, das auf einer steilen Felswand stand und zu dem ein schmaler Weg im Zickzack zum Eingangstor des Schlosses hinaufführte.

»Danke, aber nein«, lehnte Sandi das Angebot ab. »Der kurze Spaziergang wird unseren Füßen guttun.«

Währenddessen kam eine Familie auf zwei Eseln von einer Schlossbesichtigung zurück. Auf dem ersten Esel saß die Mutter, ihr kleiner Sohn war vor ihr platziert und hielt sich an der Mähne des Tieres fest. Schleppend machte das Tier den letzten Schritt zum Stellplatz hin. Mit einem Satz hüpfte die Mutter vom Esel und hob dann ihren Sohn herunter. Der Vater der Familie kam auf dem zweiten Esel hinterhergeritten, seine Beine waren nur wenige Zentimeter vom Boden entfernt und sein voluminöser Körper ragte über beide Seiten des Esels hinaus. Die Frau musste ihrem Mann beim Abstieg helfen. Der Esel nahm unverzüglich Reißaus und suchte sich sofort ein schattiges Plätzchen.

Sandi nahm Bens Hand. »Schatz, lass uns losgehen.«

Die beiden schlenderten den Weg zum Schloss hinauf.

»Nick meinte, ich könnte fixer Bestandteil seiner Band werden«, durchbrach Ben die Stille.

»Wirklich? Das ist doch toll«, entgegnete Sandi. »Oder nicht?«

»Ja. Es würde aber auch bedeuten, dass ich viel unterwegs wäre und selten zu Hause.« Ben holte Luft. »Das möchte ich nicht unbedingt.«

»Wegen mir?«, fragte Sandi.

»Wegen uns!«, antwortete Ben und Sandi lächelte.

»Möchtest du für immer deiner jetzigen Arbeit nachgehen?«, fragte Ben.

»Ich bin gerne Masseurin. Aber ewig will ich es nicht machen. Und irgendwann möchte ich auch Kinder.«

Ben schluckte. Jetzt schon, dachte er.

»Keine Sorge«, fügte Sandi an, die Bens Blick bemerkte. »Das hat noch Zeit. Ein eigenes Geschäft mit Dekoartikeln und selbstgemachten Kunstgegenständen würde mir auch gefallen.«

»Ein eigenes Geschäft klingt gut«, sagte Ben, atmete durch und ließ Sandis Hand los. Sie standen vor dem Schloss.

Ben öffnete das Eingangsportal und führte Sandi hinein. Dahinter erstreckte sich eine große Eingangshalle, zu deren beiden Seiten zwei Türen in die nächsten Räume führten. Gegenüber dem Eingangsportal öffnete sich eine große Galerie, von der man über eine Glasfront in den Garten blicken konnte. Die Wände und Decken waren mit goldenem Stuck verziert.

Ben und Sandi gingen durch eine Tür an der linken Seite. »Zeremoniensaal« las Ben auf einem Schild neben der Tür.

Sandi betrachtete ein großes Bild, auf dem eine Dame in einem Kleid aus Klöppelspitze zu sehen war. Neben der Frau lagen zwei goldene Kronen und ein Hut.

Sie verließen den Saal und gelangten über eine Treppe, über die sich ein blauer Läufer zog, in einen Raum, der als »Spiegelsaal« ausgewiesen war. Die Möbel darin waren ausschließlich aus weiß-goldenem Holz. Rote Samtvorhänge umrandeten die Fenster und eine Balkontür. Durch diese traten Ben und Sandi auf eine Veranda, von der aus man den gesamten Garten des Schlosses überblickte. Über zwei Stiegen konnte man zu jeder Seite der Veranda in den Garten absteigen. Sandi lief über eine der Stiegen zu einem großen Brunnen in der Mitte der Grünflächen. Ben eilte hinterher und blieb vor einer großen Statue stehen, die mitten im Brunnen stand.

»Kannst du dir vorstellen, hier zu wohnen?«, fragte Ben.

»Heute: nein. Früher: absolut. Es ist ein traumhaftes Schloss.«

Die beiden besichtigten die restlichen Zimmer des Schlosses, erfuhren einiges über deren Besitzer und gingen anschließend zu ihrem Boot. Ben ruderte sie über den See zurück. Dabei sah er in Sandis Augen, die in der Sonne grün leuchteten. Die vergangenen Tage hatten ihm gezeigt, was für eine tolle Frau Sandi war.

»Hey, Kleiner!«, riss eine männliche Stimme Ben, der immer noch neben der E-Gitarre stand, aus seinen Gedanken. »Ist der Besitzer des Ladens auch hier?«

Vor Ben befand sich ein großgewachsener Mann, der einen schlaksigen Eindruck auf ihn machte. Die Haare waren seitlich und hinten abrasiert und oben am Kopf mit Gel fixiert. Seine Hosenbeine hörten über den Knöcheln auf und ein weißes Hemd bedeckte seinen Oberkörper.

»Kannst du mich ver-ste-hen?«, fragte der Mann nun lauter und fuchtelte mit der Hand vor Bens Gesicht.

»Ja-a«, antwortete Ben endlich. »Ich weiß nicht, wo er ist.«

»Das Personal wird auch immer dümmer«, knurrte der Mann. »Und jünger.«

Ben wollte dem Unbekannten sagen, dass er nicht hier arbeitete, doch dieser hatte sich auf dem Absatz umgedreht und war aus dem Laden geeilt.

Ben besann sich und ging zur Kasse. »Kanntest du den Kerl gerade eben, Anton?«, fragte er.

Ein glatzköpfiger, älterer Mann schaute hinter dem Pult, auf dem die Kassa stand, zum Eingang. »Ich habe niemanden gesehen. Ich war bis vor einer Sekunde noch im Lager.«

»Egal«, murmelte Ben. »Hast du etwas von Nick gehört?«

»Ja. Ich habe leider keine guten Neuigkeiten. Sein Zustand hat sich nicht verbessert. Nur die Familie darf ihn im Krankenhaus besuchen.«

»O nein.«

Nick war es am letzten Tag der Tournee nicht gutgegangen und er musste ins Krankenhaus. Dort stellten sie eine Lungenentzündung fest. Das war der Anfang von unzähligen kleinen Ausfällen in seinem Gesundheitssystem.

»Danke für die Information«, sagte Ben. »Ich muss nach Hause. Ich werde später versuchen, Nick anzurufen. Tschüss.«

Zerstreut verließ Ben den Musikladen.

4
Rami

Rami atmete schwer. Seine Lunge brannte. Er versuchte seine Atmung zu regulieren. Das Training der Profimannschaft des FC Tüche war anstrengender als jenes der Akademie. Nach den Sprintübungen war nun das Passspiel an der Reihe. In Ramis Nähe befand sich ein Junge in seinem Alter, der den Ball von einem Mitspieler zugespielt bekam und sich nach einer Anspielstation umsehen wollte. Das dauerte zu lange und ein stämmiger älterer Spieler spitzelte ihm den Ball weg. Im Zweikampf verlor der Junge das Gleichgewicht und stürzte zu Boden.

»Du agierst zu langsam!«, schnauzte der ältere Spieler ihn an.

Rami half seinem Mitspieler auf die Beine. »Ärgere dich nicht darüber«, baute Rami ihn auf. »Schau dich nach einer Anspielstation um, bevor du den Ball bekommst. Dadurch erhältst du die nötige Zeit.«

Der Mitspieler lächelte freundlich und bedankte sich bei Rami. Nach zwanzig Minuten war für die Mannschaft Zeit für Übungen an der Koordinationsleiter, und am Ende des Trainings stand das Abschlussspiel an.

»Fünf zu Null für Team Gelb.«

Rami spielte nicht in Team Gelb. Der Co-Trainer Adam hatte die Mannschaft des FC Tüche durch zwei geteilt. Team Gelb gegen Team Schwarz. In Ramis Team Schwarz spielten ohne Ausnahme nur junge und neue

Spieler, und das spiegelte auch der Spielverlauf wider. Rami und seine Kollegen liefen wie aufgescheuchte Hühner über den Platz und konnten den Ball kaum zehn Sekunden in ihren Reihen halten. Das konnte Rami nicht mehr mit ansehen.

»Wir müssen besser kommunizieren!«, schrie er seinen Mitspielern zu.

Ab diesem Moment teilte er als Innenverteidiger seine Mannschaft ein. Seine Kommandos waren kurz und präzise. Und brachten Erfolg. Auch er ließ sich von seinen Kollegen einteilen und folgte deren Rat. Sie waren nun gut organisiert und bekamen in der restlichen Zeit kein Gegentor. Nach dem Ende des Trainings marschierten sie stolz über den Platz zum Trainer.

»Das war heute ein gutes Training«, sagte dieser. »Vergesst bitte nicht, dass wir, obwohl es noch nie ein derartiges Endspiel für den FC Tüche gegeben hat, ohne Druck aufspielen können. Der SV Platisch ist der Favorit, und viele glauben, dass wir sie nicht schlagen können.« Rami verspürte ein wenig Angst. »Aus diesem Grund wollen wir von Beginn an attackieren und sie überraschen. Schluss für heute, geht euch duschen.«

»Danke für gestern!«, las Rami auf seinem Handy-Display. Plötzlich öffnete sich die Tür der Umkleidekabine, worauf Rami sein Handy hastig in seine Hosentasche steckte.

»Gut, du bist noch da, Rami.«

»Ich bin gerade mit dem Duschen und Umziehen fertig geworden«, sagte Rami zu Adam.

»Wir müssen kurz mit dir sprechen.«

Peter, der Kapitän der Mannschaft, streckte seinen Kopf zwischen dem Türrahmen und Adam hindurch. »Hallo.«

»Was wollt ihr bereden?«, fragte Rami.

»Ich kenne dich seit vielen Jahren«, begann Adam, der Ramis Trainer in den letzten Jahren in der Akademie gewesen war. »Und ich weiß, was deine Talente sind. Aber das, was du heute gemacht hast, war auch für mich neu. Woher kannst du das?«

»Ich habe mir im letzten Jahr Videos über Taktik und Spielverständnis angesehen. Dabei habe ich viel gelernt.«

»Das hat man heute gesehen«, schaltete sich Peter ein. »Du weißt, dass ich viel von dir halte, Rami. Das habe ich dir auch vor einem Jahr in unserem Gespräch gesagt. Ich denke, wenn du so weitermachst, wirst du die Kapitänsbinde von mir übernehmen. Dein Potenzial geht weit über mein Können hinaus. Der Trainer hat mit Adam gesprochen und dasselbe gesagt. Deshalb kam Adam zu mir und wir wollten dir das mitteilen.«

Rami stand mit offenem Mund da und staunte.

»Tolle Arbeit, Rami«, bestätigte Adam und ging mit Peter zur Tür.

»Danke!«, stammelte Rami. Mehr brachte er nicht zustande.

Rami war regungslos. Mit einem Kamm fuhr er sich durch seine braunen Locken. Dann erinnerte er sich an seine Handynachricht. Er zog sein Handy wieder aus der Hosentasche und tippte eine Nachricht. »Gern geschehen. Nächste Woche selber Ort, selbe Zeit?«, las er seine Worte noch einmal, bevor er auf den Senden-Knopf drückte. Als Nächstes holte er einen Zeitungsartikel aus seiner Tasche, worauf ein Mann zu sehen war, der einem Jungen, der nicht älter als fünfzehn Jahre alt sein konnte, die Hand schüttelte. Die Überschrift verriet dem Leser, dass der Champions-League-Sieger aus dem Jahr 1997 wieder ein neues

Talent gefunden hatte. Rami starrte die Augen des Mannes an, packte den Artikel zurück in die Tasche und ging nach Hause.

Rami konnte sich seit seinem letzten Schuljahr mit dem Geld fürs Fußballspielen eine kleine Wohnung in der Nähe der Akademie leisten. Er saß im Wohnzimmer, als es an der Tür klingelte. Rami erhob sich vom Sofa und ging zur Gegensprechanlage. Mit einem Griff nahm er den Hörer ab und informierte die Person am anderen Ende, dass die Tür offen war. Rami ging in seine kleine Küche und hörte, wie seine Eingangstür geschlossen wurde. Er füllte Chips in eine Schüssel und Wasser in zwei Gläser, trug mit Hilfe eines Tabletts alles ins Wohnzimmer und stellte es auf dem Couchtisch bereit. Sein Gast hatte es sich inzwischen auf dem Sofa gemütlich gemacht.

»Bist du bereit für deine nächste Niederlage, Ben?«, scherzte Rami.

»Große Worte für den schlechtesten FIFA-Spieler der ganzen Stadt«, entgegnete Ben.

Beide lachten, griffen in die Schüssel und entnahmen ihr eine Handvoll Chips.

Nach unzähligen Partien auf der Spielekonsole lehnten sich beide im Sofa zurück und streckten sich.

»Das nächste Mal gewinnst du bestimmt ein Match gegen mich«, sagte Ben. »Du meintest, du hättest Neuigkeiten, welche denn?«

»Ja«, antwortete Rami. »Adam und unser Kapitän haben heute nach dem Training mit mir gesprochen und mich gelobt. Sie sagten, dass ich tolle Arbeit leiste.« Rami strahlte vor Glück.

»Das freut mich für dich. Ich wusste, dass es mindestens einer von uns in Tüche schaffen wird.« Ben streckte Rami die Faust entgegen und dieser gab ihm einen Fist-Bump.

»Hast du etwas von Nick gehört?«, fragte Rami.

»Sein Zustand ist unverändert. Ich darf ihn nicht besuchen.«

»O nein. Das wird schon wieder, Ben«, versuchte Rami ihn aufzubauen.

»Ja, das hoffe ich. Und dann war …«, Ben brach den Satz ab. Sollte er Rami von dem unfreundlichen Mann im Laden berichten? Gab es dabei denn etwas zu berichten?

»War was?«, hakte Rami nach.

»Nichts.« Ben sah auf die Uhr. »Es ist schon spät. Ich muss gehen. Bis zum nächsten Mal.«

Er verabschiedete sich und ließ Rami allein in seiner Wohnung zurück.

5
Christian

Christian schüttete sich Müsli in eine Schüssel, holte sich vom Kühlschrank ein Glas mit Joghurt und ging damit ins Esszimmer. Er hob seinen Kopf und blickte durch die Fensterfront über ganz Livington und dessen Skyline. Das Apartment wurde ihm vom Verein zur Verfügung gestellt. Es war modern, aber nicht luxuriös. Das gefiel Christian gut.

Am anderen Ende des Tisches lag ein Blatt Papier. Darauf war die Zeichnung einer Person zu sehen, die ein weiß-rot-gestreiftes Trikot und einen schwarzen Umhang trug. Unter dem Arm war ein Ball eingeklemmt. Das Gesicht ähnelte jenem von Christian, genauso wie die dunkelblonden Haare. In einer der Ecken des Blattes stand der Name Samuel Hoefler. Er war Christians Lieblingszeichner, den er letztes Jahr auf der Comic-Con kennengelernt und im Winter in Tüche besucht hatte.

»Ich hoffe, es gefällt dir«, hatte Samuel bei seinem Besuch zu Christian gesagt und ihm die Zeichnung in die Hand gedrückt.

»Sehr sogar«, entgegnete Christian. »Danke, dass ich dir mit meinen Geschichten zu diesem Charakter helfen darf.«

»Ich denke, ein Gastaufritt in dem Comicheft, wie wir es besprochen hatten, ist zu wenig für diesen Charakter. Ich möchte ihn einer Serie hinzufügen.«

Christians Augen wurden groß. »Eine Serie? Heißt das, dass er in mehreren Comicausgaben vorkommen wird?«, wiederholte er euphorisch.

»Ja. Ein junger Fußballprofi erkennt besondere Fähigkeiten an sich und ihm wird bewusst, dass er ein sogenannter Mutant ist. Er kann mit seinem Verstand Eis erzeugen und in seinen Träumen geschehen Dinge, die danach in der Wirklichkeit auch passieren. Ich denke, ein Gastauftritt ist für diesen Charakter zu wenig. Für ihn passt eine große Geschichte, oder was meinst du?«

Christian lächelte. »Auf jeden Fall! Hast du schon Ideen für eine Geschichte?«

Samuel zeigte Christian seinen Zeichenblock, der voll mit Handlungen für den neuen Helden war. Dieser litt an einem Gendefekt, der ihn zu einem Mutanten machte, wodurch ihm aber auch Superkräfte verliehen waren.

Christian sah zu, wie Samuel dem Block einige Ideen hinzufügte, und beriet ihn dabei.

Danach gingen sie in die Küche zu Anna, Samuels Frau und Betreiberin eines *Bed and Breakfast*. Sie trug, wie die meiste Zeit vor den Gästen, eines ihrer Dirndlkleider und hatte ihnen eine herzhafte Mahlzeit zubereitet und auf dem Tisch bereitgestellt.

»Losst es eich schmecken«, begrüßte sie Christian und Samuel in der Küche.

»Danke, Liebste«, sagte Samuel und drehte sich zu Christian. »Chris, ich muss dir noch unbedingt etwas sagen. Ein Filmunternehmen möchte Serien von Comics verfilmen. Es sind einige Charaktere meines Verlages dabei und daher wollen sie mich in die Filmproduktion einbinden. Es kann gut möglich sein, dass ich einmal durch das Bild laufen darf.«

Christian verschluckte sich an seinem Essen und klopfte sich auf die Brust, um seine Luftröhre wieder freizubekommen. »Das ist großartig. Ich werde mir die Filme bestimmt ansehen.«

»Das erwarte ich auch von dir«, merkte Samuel mit einem Zwinkern an.

»Vielleicht wirst du ein Schauspielstar«, scherzte Christian. »Bist du dann öfter unterwegs?«

Wrumm. Anna schloss die Tür des Backofens mit mehr Kraft, als eigentlich notwendig gewesen wäre. »Jo genau. Wer greift mir derweil unter die Händ'?«

»Anna-Liebes, das haben wir schon besprochen«, beschwichtigte Samuel. »Wir werden jemanden anstellen, der meine Arbeiten hier übernimmt, da ich in den nächsten drei Jahren mehrmals monatelang unterwegs sein werde.«

»Schade. Wäre ich noch in Tüche, könnte ich hier aushelfen«, warf Christian ein. »Du hast mir einiges gezeigt, wie und was hier zu machen ist.«

»Stimmt«, bestätigte Samuel. »Das ist wirklich schade.«

Plötzlich läutete die Glocke in Christians Apartment. Christian wurde aus seinen Erinnerungen gerissen und wandte den Blick von der Zeichnung auf dem Tisch ab. Er stand auf und ging zur Eingangstür. Niemand war zu sehen, lediglich ein Brief lag auf der Fußmatte. Christian hob ihn auf und begab sich wieder zurück zum Tisch, wo er den Briefumschlag öffnete.

Lieber Christian!
Bitte triff mich am Donnerstag.
Um 17 Uhr im Lokal *Trimare.*

Christian drehte den Brief um. Nichts. Die drei Zeilen waren das Einzige auf dem Papier. Zur angegebenen Zeit würde er Training haben, aber aufgrund dessen, dass er sich nicht richtig wohl in der Mannschaft fühlte, hatte er gestern das Trainerteam gefragt, ob er anstelle des Trainings in das Fitnessstudio gehen dürfe, und man willigte ein. Er würde das Krafttraining früher beenden und zum Treffen gehen können.

Auf einmal plagte Christian das schlechte Gewissen. Was, wenn der Verfasser der Nachricht in Wahrheit eine Verfasserin war? Er dachte an Layla. Sie hatten gemeinsam ihre schönen, aber auch weniger schönen Tage. Manchmal war sie jedoch sehr oberflächlich, was Christian gar nicht gefiel. Als wäre sie eine andere Person, konnte sie schon am nächsten Tag das gefühlvollste Mädchen sein.

Es bestand auch die Möglichkeit, dass es sich beim Verfasser des Briefes um einen Scout eines Vereines handelte. Oder um jemanden aus Tüche, immerhin war der Brief auf Deutsch geschrieben worden. Christian wusste nicht, was er von der Nachricht halten sollte. Er verschob die Entscheidung, ob er hingehen würde oder nicht, auf den nächsten Tag und nahm sein Handy. In den Kontakten suchte er die Nummer von Ben und drückte auf den Anrufknopf.

»Sie sind verbunden mit …«

Die Mobilbox, wie ärgerlich, dachte Christian. Betrübt beendete er den Anruf und hoffte, dass sich Ben bald zurückmelden würde.

6
Paul

»Komm her, Buddy.«

Pauls Hund zerrte an der Leine. Sie waren gerade beim Tierarzt gewesen, um Buddy einem Gesundheitscheck zu unterziehen. Bei strahlendem Sonnenschein machten sie sich auf den Heimweg. Paul war erleichtert, dass mit Buddy alles in Ordnung war. Er musste nur in den nächsten Wochen mit ihm in die Hundeschule, wo ein Hundetrainer den beiden beibringen würde, wie sie sich in gewissen Situationen verhalten müssten.

In einer unachtsamen Sekunde riss sich Buddy los.

»Bleib hier, Buddy!«, schrie Paul und setzte zur Verfolgung an.

Er lief einige Zeit hinter seinem Hund her und hoffte, ihn einzuholen. Nach zehn Minuten wurde Buddy langsamer und Paul gelang es, seine Leine zu fassen. Sie waren in einem gut besuchten Park. Eine Gruppe von Menschen lief auf einer grünen Wiese einem Fußball hinterher. In einem großen Festzelt wurden Speisen und Getränke ausgegeben und ein großes Transparent war zwischen zwei Bäumen aufgehängt. »SPIELERPASS« las Paul.

Plötzlich riss Buddy wieder an der Leine. Paul bemerkte, wie ein Fußball auf sie zurollte und dahinter ein Mann mit hellbraunen Haaren und Dreitagebart angelaufen kam.

»Hallo«, sagte der Mann. »Möchtest du vielleicht mit uns mitspielen oder etwas essen?«

Paul sah sich in der Menge um. Die Menschen waren sehr fröhlich, genossen das tolle Wetter und hatten zusammen Spaß.

»Würde ich gerne«, antwortete Paul. »Aber ich muss mit Buddy nach Hause.« Er nickte zu seinem Hund.

»Schade. Wir sind nämlich nur heute in dieser Gegend.«

»Was ist der SPIELERPASS?«, fragte Paul.

»Das ist eine Organisation. Wir bieten Menschen mit Beeinträchtigungen materielle und soziale Unterstützung. Jeder ist bei uns willkommen und alle Helfer arbeiten ohne einen Verdienst für die Organisation.« Auf der Brust des Mannes prangte ein Schild mit dem Namen *Nikolas*. »Ich muss wieder zu den anderen. Vielleicht sieht man sich wieder«, sagte er abschließend.

Paul machte sich mit Buddy auf den Weg nach Hause. Dort angekommen, fand er seinen Vater schlafend auf der Couch vor. Der Fernseher lief und auf dem Couchtisch standen unzählige leere Bierdosen. Paul schämte sich so sehr für seinen Vater. Er schloss leise seine Zimmertür hinter sich. Buddy machte es sich in dem Körbchen, das Paul ihm gekauft hatte, gemütlich. Nach wenigen Minuten war er eingeschlafen.

Paul setzte sich vor den Computer, drückte den Power-Knopf und starrte auf die gegenüberliegende weiße Zimmerwand. Du bist wie dein Vater, fuhr ihm eine weibliche Stimme durch seine Gedanken. Es war die Stimme seiner Mutter. Der zehnjährige Paul saß im Wohnzimmer am Boden und hielt Scherben in seinen Händen. Scherben, die vor wenigen Augenblicken noch eine schöne Vase gewesen waren. Pauls Mutter hatte ihm gesagt, er solle die Hausaufgaben machen. Paul hatte dies bejaht, spielte aber stattdessen im Wohnzimmer mit dem Fußball, während seine

Mutter die restlichen Zimmer des Hauses putzte. Ein lauter Krach ließ seine Mutter auf ihn aufmerksam werden. Da war es zu spät. Du bist wie dein Vater!

Drei Jahre nach dem Vorfall mit der Vase kaufte Paul sich auf dem Nachhauseweg von der Schule Süßigkeiten im Supermarkt. Zu Hause präsentierte er seiner Mutter stolz das Wechselgeld. Der Mann an der Kassa hatte ihm anstelle eines Zehn-Euro-Scheines einen Fünfzig-Euro-Schein gegeben. Sein Vater beglückwünschte ihm zu diesem Vorfall und erinnerte sich an ein ähnliches Glück in seiner Jugendzeit. Seine Mutter hingegen betonte, dass der Mann an der Kassa nun das Missgeschick mit seinem eigenen, schwer verdienten Geld bezahlen müsste. Paul entgegnete ihr nur, dass er selber schuld war. Als Kind war er stolz darauf, dass er wie sein Vater war.

»Ich will nicht wie mein Vater sein!«, flüsterte er leise vor dem Computer, der nun den Startbildschirm zeigte. Paul öffnete das Internet und suchte die Organisation SPIELERPASS. Das Logo der Organisation war eine Weltkugel. Darunter stand SPIELERPASS – DAHEIM IM VEREIN. Paul durchforstete die Homepage. Ihm fiel ein Text ins Auge:

Der Verein bietet Menschen mit Beeinträchtigungen materielle und soziale Unterstützung im Bereich Sport, Bewegung und Unterhaltung. Mit dem Ziel, Spielfreude zu vermitteln, soziale Kontakte zu fördern und das gesellschaftliche Bewusstsein für nachhaltige Inklusion zu stärken, setzt die gemeinnützige Organisation umfangreiche Projekte um.

SPIELRPASS bündelt dabei die Stärken seiner ehrenamtlichen Mitarbeiter aus diversen Gesellschaftsgruppen und lässt ihre Talente, Meinungen und Erfahrungen direkt in die Projekte einfließen.

Unzählige Projekte waren aufgelistet. Ein Fußballcup, ein Camp, Winter- und Sommerclub. Paul durchstöberte mit großem Interesse die laufenden Projekte.

»Da möchte ich mithelfen«, sagte er zu Buddy.

Dieser lag unverändert in seinem Körbchen. Paul hörte leise seine Atmung, beugte sich zu ihm und streichelte seinen Kopf. »Danke, Buddy.«

Paul ging ins Wohnzimmer, wo sein Vater noch immer auf der Couch schlief. Paul schaltete den Fernseher aus, brachte die leeren Bierdosen leise in die Küche und warf sie in den Mülleimer. Eine der Dosen fiel auf den Rand des Eimers und mit einem Knall zu Boden. Ein Murmeln war nun aus dem Wohnzimmer zu hören. Sekunden später taumelte sein Vater in die Küche.

»Entschuldige«, sagte Paul. »Ich wollte dich nicht wecken.«

»Schon gut. Ich wollte mir ohnehin ein Bier holen.«

Paul stellte sich vor den Kühlschrank. »Siehst du nicht, was du damit anrichtest?«

Wutentbrannt fixierte er den Blick seines Vaters.

»Womit?«

»Mit der Art, wie du im Moment dein Leben führst. Du betrinkst dich täglich und verwettest all dein Geld. Die Menschen um dich herum hast du vergrault. Oder hat sich Mom gemeldet?«

»Deine Mutter kann mir gestohlen bleiben. Sie hat uns verlassen. Hast du das vergessen? Und jetzt gib mir ein Bier!«

»Sieh dich um.« Paul deutete mit der Hand ins Wohnzimmer. »Glaubst du wirklich, dass sie bei diesem Verhalten zu uns zurückkommen wird?«

Paul öffnete den Kühlschrank, stellte eine Bierdose auf die Ablage und ging verärgert in sein Zimmer.

In der Nacht wurde er vom Geklimper eines Schlüsselbundes wach. Müde stand er von seinem Bett auf und lauschte an seiner Zimmertür. Leise hörte er, wie die Eingangstür ins Schloss fiel. Buddy schlief immer noch ruhig in seinem Körbchen, während Paul die Tür öffnete.

»Dad?«, rief er in den dunklen Gang hinaus.

Es kam keine Antwort. Er betätigte den Lichtschalter und ging ins Wohnzimmer. Verwundert blieb er stehen. Das Wohnzimmer war sauber und ordentlich. Durch die offene Tür sah er vom Wohnzimmer in die Küche. Die Bierdose stand noch auf der Ablage. Paul überprüfte den Inhalt und bemerkte, dass die Dose verschlossen war.

Verwirrt ging er wieder in sein Zimmer und legte sich schlafen.

7
Ben

Ben war auf dem Weg zum Tüche-Fanclub. Dieser hatte sein Clubhaus gegenüber dem Einkaufszentrum. Vor dessen Eingang sah Ben Anton, den Mitarbeiter des Musikladens, wie er mit jemandem diskutierte und wüst mit den Armen gestikulierte. Ben erstarrte. Es war der unfreundliche Mann, der ihn vor Tagen für einen Verkäufer gehalten hatte. Nach wenigen Minuten war die Diskussion zu Ende und Anton blieb allein zurück.

»Das war der Mann, von dem ich dir letztens erzählen wollte«, sagte Ben, nachdem er zu Anton geeilt war. »Er war im Laden.«

»Wirklich? Und den kennst du noch nicht?«

»Wer soll das sein?«

»Das ist Nicks Sohn.«

Ben war versteinert. »Sein Sohn? Nick hat mir nie etwas von einem Sohn erzählt.«

»Das wundert mich nicht. Sie haben seit mehreren Jahren kein gutes Verhältnis. Sein Sohn ging nach einem Streit in die USA und baute dort sein eigenes Unternehmen auf.«

»Warum haben sie gestritten?«

»Nicks Sohn schlug vor, den Musikladen zu expandieren. Alles größer, alles besser, meinte er. Neue Standorte, Ausbau des Internetverkaufs. Dadurch bräuchte man weniger Kundenkontakt und hätte mehr Zeit zum Geldverdienen. Nick wollte aber nicht, da er – so meinte er – damit die Seele des Ladens verkaufen würde.«

»Verstehe. Und jetzt ist er hier, um sich nach dem Gesundheitszustand seines Vaters zu erkundigen?«

»Nur in einer gewissen Hinsicht. Er will, dass Nick ihm den Laden überschreibt. Seine Geschäfte in Nordamerika laufen gut. In Europa jedoch noch nicht, und das will er mit Nicks Laden ändern. Er will ihn in seine Kette aufnehmen, damit er Kunden gewinnt.«

»Möchte er den Laden umbauen?«

»Nein, viel gewaltiger. Er will ihn von Grund auf erneuern. Das alte Zeug soll alles raus. Aber hoffen wir, dass es nie so weit kommen wird. Nicks Zustand hat sich übrigens verbessert.«

Ben war erleichtert. »Spitze!«

»Ich muss in den Laden, Ben.« Anton hob kurz die Hand zum Gruß, machte auf dem Absatz kehrt und verschwand hinter der Tür neben dem Einkaufszentrum.

Ben ging über die Straße zum Clubhaus des Tüche-Fanclubs. Über dem Schaufenster zierte ihr Logo das Gebäude. Es war ein Steuerrad wie jenes im FC-Tüche-Logo, jedoch waren die senkrechte Sprosse und jene, die von der Mitte des Rades schräg rechts und links nach unten lief, schwarz gefärbt. Genauso wie das Rad selbst. Die restlichen Sprossen waren grau.

Ben öffnete die Tür und betrat einen großen Eingangsbereich, der sehr geräumig wirkte und dem Gemeinschaftsraum in der Akademie ähnelte, mit dem einen Unterschied, dass alles neu war. Ein Mädchen und ein Junge bemerkten Ben und kamen auf ihn zu.

»Hallo«, sagte das Mädchen. Ihre Haare waren unter einem Kopftuch nicht zu sehen. »Können wir dir helfen?«

»Ich bin Ben. Ich habe mich telefonisch über den Fanclub informiert und möchte gerne beitreten.«

»Hey Ben«, sagte der Junge. Er war etwas untersetzt und hatte eine FC-Tüche-Kappe auf dem Kopf. »Mein Name ist Flo. Wir haben miteinander telefoniert. Das ist Mara.« Er zeigte auf das Mädchen. »Wir sind die erste Anlaufstelle für neue Mitglieder und werden dich in den Fanclub einführen.

Flo und Mara führten Ben durch die Räumlichkeiten des Clubs, der zusätzlich zu dem Gemeinschaftsraum aus einem Saal mit Bühne, Tanzfläche und Schanktisch sowie einem Konferenzraum bestand. »Und hier drüben befinden sich die Sanitäranlagen für die Mitglieder«, sagte Flo zum Abschluss. »Gut, das war die Führung durch das Clubhaus.«

»Du wirst mit den anderen Neulingen beim Cupfinale gegen Platisch dabeisein«, kündigte Mara an. »Zum Schluss noch eines: Bei einem Fehler wird die Mitgliedschaft sofort beendet. Dein Fehltritt fällt auf den Fanclub und auf den Verein zurück. Verstanden?«

Ben schluckte. »Verstanden.«

Vor dem Clubhaus sah Ben einen verpassten Anruf von Christian auf seinem Handy und betätigte die Rückruftaste.

»Hallo Ben«, meldete sich Christian.

»Hi. Ich habe deinen Anruf gerade erst bemerkt. Was gibt es?«

Christian klärte Ben über die absenderlose Nachricht und das damit verbundene Treffen auf.

»Schwierig«, meinte Ben. »Das ist keine leichte Angelegenheit, aber ich denke, du solltest hingehen. Egal, worum es sich handelt. Wenn es dich beruhigt, kannst du Layla ja über die Nachricht und das Treffen informieren.«

»Oder ich sage es ihr, nachdem ich herausbekommen habe, worum es sich handelt. Glaubst du nicht, dass es ein anderer Verein sein könnte? Hast du in Tüche vielleicht etwas gehört, ob sie Spieler beobachten?«

»Nein, habe ich nicht, und Rami hat auch nichts dergleichen bei unserer letzten Begegnung gesagt. Es könnte aber auch ein anderer Verein sein. So oder so, du wirst es nur erfahren, wenn du hingehst.«

»Vermutlich. Ich werde es mir noch überlegen.«

Sie besprachen noch einiges anderes, dann beendeten sie das Gespräch und Ben machte sich auf den Weg nach Hause.

8
Rami

Rami zappte, auf der Couch liegend, durch das Abendfernsehprogramm. Zwischen Hollywoodblockbustern und preisgekrönten Serien blieb er bei einer Nachrichtensendung hängen.

»Die Sonne bleibt uns morgen erhalten«, sagte der Moderator, der in einem gutsitzenden Anzug vor der Wetterkarte stand. »Genauso wie die Tage danach. Nächste Woche erwartet uns eine Hitzewelle. Apropos Welle, ich bin gespannt, ob durch die Fülle an Neuigkeiten im Sport eine Welle an Emotionen ausgelöst wird.«

Kamerawechsel – eine Moderatorin war sitzend hinter einem Pult zu sehen. »Das kann gut möglich sein«, übernahm sie die Moderation von ihrem Kollegen. »Vor einer Stunde erhielten wir die sensationelle Meldung über einen Fußballtransfer.«

Rami setzte sich wie von der Tarantel gestochen auf der Couch aufrecht hin.

»Topverteidiger Sven Schneider, Weltmeister und amtierender Champions-League-Sieger, wechselt in der nächsten Saison den Verein. Sein neuer Arbeitgeber wird der FC Tüche sein. Er soll dort die Innenverteidigung verstärken und Tüche zum Meistertitel führen. Dieser Titel sei laut Aussagen der Vereinsführung das große Ziel des diesjährigen Pokalfinalsten. Über die Ablösesumme …«

Wütend drückte Rami die Stopptaste auf der Fernbedienung und warf sie neben sich auf die Couch. Er stand auf und lief zum Fenster. Neben Peter war nun Sven der zweite Star in der Innenverteidigung. Und er? Er blieb wieder einmal auf der Bank. Oder könnte er vielleicht einen der beiden aus der Startelf verdrängen? Vielleicht wollte der Trainer auf eine Dreierkette in der Verteidigung umstellen. Eine andere Lösung gab es für Rami nicht – oder mochte er nicht wahrhaben.

Sein Handy läutete. Er machte einen Satz zum Couchtisch und sah auf das Display. Adam. Rami atmete tief durch.

»Ja. Hallo.«

»Hallo Rami. Hast du zufällig die Nachrichten gesehen?«

»Natürlich. Erklär mir das bitte, Adam!«

»Es ist nicht so, wie du denkst.«

»So beginnen die besten Erklärungsversuche.«

»Der Vorstand hat niemandem vom Trainerteam über den Transfer berichtet. Ich habe es selbst erst über die Medien erfahren.«

»Toll. Und ich darf wieder die Ersatzbank wärmen.«

»Nein.«

»Nicht? Also spielen wir mit einer Dreierkette?«

»Nein.«

»Adam, du weißt, dass ich weder auf der Außenbahn noch im zentralen Mittelfeld spielen kann.«

»Ja, ich weiß.«

»Wo soll ich also spielen?«

»Rami, beruhige dich. Unser Gespräch war eine Anweisung vom Trainer. Du hast immer noch das gleiche Ansehen. Du musst dafür sorgen, dass die anderen Spieler auf eine Position ausweichen müssen. Und wenn du mich fragst, schaffst du das.«

»Danke für die Info.«

Verärgert legte Rami auf. Er ging in die Küche und öffnete den Kühlschrank. In der hintersten Ecke stand eine Flasche Bier. Er drehte den Schraubverschluss ab und roch am Inhalt. Ein süßlich-herbes Aroma schwang ihm entgegen, bis er durch ein Klopfen an der Eingangstür gestört wurde. Er verschloss die Bierflasche, stellte sie zurück in den Kühlschrank und verschluckte sich fast, als er an der Tür durch den Spion sah. Langsam öffnete er.

»Hallo«, sagte ein Mann mittleren Alters.

»Dad? Was machst du hier?«

»Bist du nicht froh, mich zu sehen?«

»Doch, aber müsstest du nicht für deinen Verein unterwegs sein und Spieler wie diesen Fünfzehnjährigen finden?«

»Es hat sich im letzten Jahr viel geändert, Rami. Nach eurem Finalspiel bin ich ins Grübeln gekommen. Du bist wirklich ein hervorragender Fußballer. Und Sohn. Mein Verein hat mir als Spieler sehr geholfen, aber ich denke, das habe ich ihm wieder zurückgegeben. Ab sofort habe ich alle Tätigkeiten im Verein zurückgelegt und möchte dich, meinen Sohn, unterstützen.«

Rami fiel seinem Vater um den Hals. »Du bist also mein Manager?«

»Du brauchst keinen Manager. Die schieben Spieler für großes Geld nur zwischen den Vereinen hin und her. Ich will dir unter die Arme greifen und dich in Entscheidungen beraten. Es ist aber immer noch deine Karriere und dein Leben.«

Ramis Grinsen verschwand. »Wenn wir schon bei Entscheidungen sind, ich denke, ich muss eine treffen.«

»Welche? Ob du hundertfünfzig oder zweihundert Prozent geben wirst, um diesem Schneider zu zeigen, wer der bessere Verteidiger ist?«

Rami sah seinen Vater verständnislos an. »Ich hab die Transferankündigung gerade im Autoradio gehört«, sagte dieser.

Ramis Blick wurde ernst. »Du hast recht. Ich stecke bestimmt nicht den Sand in den Kopf.«

»Du meinst, den Kopf in den Sand …«, berichtigte ihn sein Vater.

Rami lachte. »Ehem … genau. Komm doch rein.«

Die beiden setzten sich ins Wohnzimmer. »Bist du nervös?«, fragte sein Vater.

»Der Trainer meinte, dass wir keinen Druck haben, aber mein Gefühl sagt mir dabei etwas anderes«, antwortete Rami.

»Ein wenig Nervosität hat mir immer die Konzentration auf das Wesentliche gebracht. Ich habe das Drumherum dabei vergessen. Vergiss den Spaß bei all dem nicht, dein Können hilft dir beim Rest.« Rami legte seine Hand auf die Schulter seines Vaters. »Danke, Dad.«

9
Christian

Christian stand vor dem Lokal *Trimare.* Neben dem Eingang befand sich ein altes Klavier, das zu einem Tisch umfunktioniert worden war und ramponiert aussah. Der gelegentliche Regen hatte das Holz aufquellen lassen und so manche Taste fehlte. Christian hatte sich entschlossen, das Krafttraining früher zu beenden und die unbekannte Person zu treffen. Seine Neugier hatte gesiegt. Er wollte wissen, wer ihn treffen wollte und vor allem warum. Layla würde er nach dem Treffen davon berichten. Er trat über die Schwelle und vernahm einen orientalischen Duft.

Die Einrichtung des Lokals war luxuriös und ansehnlich. Am anderen Ende des Raumes zog sich eine Glasvitrine über dessen gesamte Breite und sowohl männliche als auch weibliche Kellner trugen einen Anzug. An den Wänden hingen verschiedene Arten von Geweihen und in einer Ecke war ein großer gläserner Kühlschrank mit verschiedenen Weinsorten.

Christian ließ seinen Blick über die Gäste des Lokals schweifen. Auf den ersten Blick war ihm kein Gesicht bekannt. Ein junger Mann, um die zwanzig Jahre alt, zog Christians Aufmerksamkeit auf sich. Seine weibliche Begleitung schmiegte sich eng an ihn, doch Christian konnte nur ihren Rücken sehen. Der Junge fuhr sich mit der Hand durch seine nach hinten gegelten Haare. Sein helles Poloshirt passte perfekt zu seiner Samthose und den Halbschuhen. Er warf seinem Gegenüber ein verschmitztes Lächeln zu. Wie des Öfteren erfand Christian eine Geschichte für die beiden, blitzschnell: Es war ein Gangsterpaar. Sie hatten etliche Raubzüge gemeinsam durchgezogen und besprachen gerade ihren nächsten Einbruch. Ein bekannter Millionär residierte im Moment in einem angesehenen Hotel in der Stadt, im Gepäck hatte er einen Geldkoffer mit einem Betrag in Millionenhöhe. Mit dem Geld wollte er eine Feier auf die Beine stellen, um seiner minderjährigen Tochter einen Gefallen zu tun. Alles sollte pompös sein und seinen Reichtum widerspiegeln. Das Paar im Restaurant fand das nicht gerecht und plante einen Streifzug durch das Hotelzimmer des reichen Mannes. Der Plan wurde mit einem leidenschaftlichen Kuss besiegelt …

Plötzlich sah der Junge in Christians Richtung und erschrak. Sein Mund war noch rot vom Lippenstift des Mädchens. Er sagte etwas zu seiner Begleitung und sie drehte sich um. Christian erstarrte und sein Magen verkrampfte sich. Einen Moment lang glaubte er, seine Beine würden nachgeben und er würde zu Boden gehen.

Das Mädchen stand auf und ging zu Christian. Ihm kam es wie eine Ewigkeit vor, bis sie vor ihm stand. Ihre Lippen bewegten sich. Die Lippen, mit denen sie eben diesen Jungen geküsst hatte.

»Chris, hast du mich gehört?«, wiederholte Layla. »Es tut mir leid.«

Christian konnte keinen klaren Gedanken mehr fassen. Sein Kopf war leer. Ohne auf ihre Worte zu reagieren, drehte er sich um und verließ das Lokal. Layla lief ihm hinterher und stellte sich vor ihn hin.

»Es tut mir leid.«

Christian sah ihr in die Augen. In ihre großen hellen Augen. Keine Träne war darin zu sehen, genauso wenig Angst oder Reue.

Da begriff Christian, und er lachte. Dann lief ihm eine Träne über die Wange.

»Ich bin dir gerade rechtgekommen, nicht wahr?«, sagte er.

»Was meinst du damit, Chris?«

»Wir sind doch das perfekte Paar, oder?«

Layla setzte zu einer Antwort an, aber Christian redete weiter.

»Ich war perfekt für dich. Damit du gieriges Biest Follower und Anhänger bekommst. Vielleicht sollte ich die Welt einmal aufklären über die echte Layla. Die egoistische, selbstverliebte Layla. Ich bin wirklich froh, dass ich dir Folgendes sagen kann. Unsere Beziehung ist zu Ende!«

Christian wischte sich seine Träne aus dem Gesicht und machte einen Schritt um Layla herum.

»Warte!«, sagte sie und hielt ihn am Arm fest. »Das mit dem Aufklären war doch ein Scherz, oder?«

Noch nie hatte Christian so viel Ekel für jemanden empfunden wie in diesem Moment für Layla.

»Ich will dich weder noch einmal sehen, noch möchte ich deinen Namen in meinen Mund nehmen oder sonst etwas mit dir zu tun haben.«

Äußerlich zufrieden ließ er Layla stehen und ging nach Hause.

»Hallo Chris«, sagte Michael. »Ich bin sofort bei dir. Ich muss nur ein kurzes Telefonat führen. Nimm bitte so lange im Warteraum Platz.«

Christian setzte sich im Warteraum vor Michaels Büro auf einen Sessel. Es war derselbe Sessel wie letztes Jahr, als er mit seiner Mutter zu einem Gespräch eingeladen worden war. Traurig blickte er auf den leeren Sessel, in dem damals

Layla gesessen hatte, während seine Mutter bei Michael im Büro war. Sie hatten sich unterhalten und Christian war der Schweiß den Rücken hinabgelaufen. Er war selten nervös, aber wenn, dann war er schweißgebadet.

Christian wusste nicht, was er zu Michael sagen sollte, und hoffte, dass sich die Trennung von seiner Tochter nicht negativ auf seinen Vertrag auswirken würde. Früh an diesem Morgen hatte Michael ihn angerufen und ihn in sein Büro beordert.

»Komm herein und setz dich«, sagte Michael.

Vorsichtig betrat Christian das geräumige Zimmer und blickte aus dem Fenster auf das Trainingszentrum des Vereines.

»Wir warten noch auf jemanden«, setzte Michael fort und folgte Christians Blick. »Aber eines möchte ich dir vorab sagen. Du wirst nächste Saison nicht mehr auf diesen Plätzen spielen.«

Christian öffnete seinen Mund und wollte antworten, aber es fielen ihm keine Worte ein. Man sah ihm den Schock an und er wusste nun, dass er durch die Trennung von Layla seinen Vertrag verloren hatte. Leise fand er seine Stimme. »Es tut ...«

Ein lautes Klopfen an der Tür unterbrach die beiden.

»Herein!«, bat Michael.

Die Tür öffnete sich und ein Mann betrat das Büro.

»Guten Tag.« Er gab Michael die Hand. »Hallo, Chris.«

»Adam?« Christian starrte überrascht seinen ehemaligen Trainer aus der Akademie und jetzigen Co-Trainer des FC Tüche an.

»Überraschung«, sagte Michael. »Adam hat letzte Woche mit mir Kontakt aufgenommen, um über einen Transfer zurück zum FC Tüche zu sprechen. Ich habe ihn eingeladen, um mit dir darüber zu reden.«

»Du hattest kein einfaches Jahr«, begann Adam. »Und da du als Tüche-Akademiespieler trotz deines Abgangs ein Wunschspieler unseres Vereines bist, habe ich deine Saison verfolgt. Der Verein hat mir die Einzelheiten des Angebots für den Transfer mitgegeben.« Er reichte Michael eine Mappe.

Es ging nicht um Layla und ihn. Christians Verkrampfung löste sich ein wenig. Im Gespräch fiel Laylas Name nicht. Nach einer Stunde und mehreren Vertragseinzelheiten erhob sich Adam von seinem Sessel.

»Bis zum nächsten Mal, Chris«, sagte er und klopfte ihm auf die Schulter. »Lass dir das Angebot durch den Kopf gehen. Ich denke, dass es für dich und beide Vereine das Beste sein wird.«

Christian nickte. »Werde ich machen.«

»Auf Wiedersehen!«, verabschiedete sich Adam von Michael und verließ das Büro.

Michael sah aus dem Fenster. »Wir haben noch ein Angebot für dich.«

»Noch eines?«, war Christian verdutzt. »Von welcher Mannschaft?«

Michael drehte sich zu ihm. »Toffee City. Sie haben mit uns Kontakt aufgenommen und wir werden nächste Woche die Einzelheiten des Angebots bekommen. Chris, Reds FC wird beiden Angeboten zustimmen. Ich glaube, es ist eine tolle Chance für dich, um wieder in Form zu kommen und Tore schießen zu können. Die Entscheidung liegt bei dir.«

»Ich weiß«, antwortete Christian und ging zur Tür. »Wir sehen uns, Michael.«

»Bis später.«

Christian griff nach dem Türknopf.

»Ach, und – Chris! – das mit Layla tut mir leid.«

»Danke.« Christian schloss irritiert die Tür zum Büro, blass und starr stand er davor. Sie hatte es ihm erzählt.

Er verließ das Vereinsgebäude und ging die Straße entlang. An einer Bank machte er halt, setzte sich und holte das Handy heraus. Sollte er das hier alles hinter sich lassen? Reds FC? Layla? Wenn er nach Tüche zurückkehren würde, müsste er sich sein Versagen in England eingestehen. Vielleicht war ein Wechsel zum Rivalen Toffee City die Lösung. Christian mochte England.

10
Paul

»Unser Treffen heute zu Mittag steht noch?«, las Paul auf seinem Handy-Display. Er tippte die Antwort »Ja« und schickte die Nachricht ab. Buddy lag in seinem Körbchen, wedelte freudig mit seinem Schwanz und blickte Paul in die Augen.

»Hast du Hunger?«, fragte Paul ihn und öffnete die Zimmertür. Sein Hund folgte ihm in die Küche und wartete vor dem Futternapf auf sein Fressen. Paul füllte den Napf bis zur Hälfte mit Hundefutter. Buddy fraß leise vor sich hin, während Paul sich umsah. Seit er seinem Vater die Meinung gesagt hatte, war Ordnung im ganzen Haus. Sein Vater wurde gründlicher und putzte in allen Ecken.

»Guten Morgen, ihr zwei.«

»Hallo Dad!«

Paul sah, wie sein Vater zum Kühlschrank ging, sich ein Glas Wasser einschenkte und dieses in einem Zug austrank.

»Ich werde heute am Nachmittag nicht zu Hause sein«, begann Paul. »Ich helfe bei einer Veranstaltung, die sich SPIELERPASS-Cup nennt.«

Sein Vater ließ seine Augen durch die Küche schweifen, murmelte etwas und kratzte sich am Hinterkopf. »Davon habe ich eine Werbeanzeige gesehen«, entgegnete er dann Paul. »Super, dass du dort hilfst. Hast du meine Autoschlüssel gesehen?«

»Die liegen auf dem Wohnzimmertisch. Wo fährst du hin?«, fragte Paul.

»Das erkläre ich dir später«, antwortete sein Vater und verließ die Küche.

Nach dem Geklimper der Autoschlüssel und schnellen Schritten erklang das Zuschlagen der Eingangstür.

Paul sah zu, wie Buddy die letzten Reste des Hundefutters aus dem Napf fraß, und beobachtete durch das Küchenfenster, wie das Auto seines Vaters die Ausfahrt hinabfuhr.

»Komm, Buddy!«, sagte Paul, holte die Hundeleine und lief durch die Küche und das Vorzimmer in die Garage. Er legte Buddy die Leine um, platzierte ihn in das Hundekörbchen, das er ihm extra gekauft hatte, sprang dann auf sein Fahrrad und verfolgte das Auto seines Vaters.

»Paul, warte!«, rief ihm jemand hinterher. Lara fuhr mit dem Rad ihre Einfahrt entlang und kam neben Paul auf die Straße. »Was ist los?«

»Komm mit. Ich erkläre es dir, wenn wir da sind.«

Paul trat mit aller Kraft in die Pedale, aber das Auto seines Vaters war nicht mehr zu sehen. Verärgert bremste er sein Fahrrad ab und blickte sich um, während Lara schnaufend neben ihm zu stehen kam. Sie setzte an, um etwas zu sagen, als Paul plötzlich weiterfuhr und die Innenstadt ansteuerte. Nach kurzer Suche fanden sie das parkende Auto vor einer Bar, auf deren Terrasse Pauls Vater saß. Paul, Lara und Buddy versteckten sich hinter dem Auto und beobachteten gespannt, was passierte.

»Ich dachte, er hätte sich geändert«, sagte Paul.

»Was meinst du damit?«, hakte Lara nach.

»Das Alkoholtrinken.« Paul lehnte sich gegen die Autotür und spielte mit Buddys Leine.

»Du glaubst also, dass dein Vater jetzt in Bars geht, um sich zu betrinken?«

»Was sollte er sonst dort tun?«

»Es gibt genügend Gründe, um in eine Bar zu gehen.«

»Zum Beispiel, um Alkohol zu trinken.«

»Oder deswegen.« Lara zeigte mit einer Hand zur Terrasse. Eine Frau hatte sich zu Pauls Vater gesellt.

»Ich kenne diese Frau nicht«, sagte Paul.

Die beiden unterhielten sich und Pauls Vater wirkte nervös. Nach wenigen Minuten unterbrach sie der Kellner und stellte jeweils Kaffee und Wasser vor der unbekannten Frau und Pauls Vater ab. Paul atmete durch.

»Ich glaube, wir können die zwei alleinlassen.« Lara zerrte an Pauls Ärmel.

Auf dem Heimweg schoben Lara und Paul ihre Fahrräder und spazierten nebeneinander her.

»Willst du, dass dein Vater eine neue Frau kennenlernt?«

»Theoretisch sind meine Eltern noch verheiratet, aber ich weiß, dass sie kein Paar mehr sind und auch keines mehr werden. Auch wenn ich mir das wünschen würde. Es ist zu viel in der Vergangenheit passiert. Da ist es egal, ob er noch Alkohol trinkt oder nicht.«

»Also steht einer neuen Partnerin nichts im Wege.«

»Ich vermute, ja.«

Die beiden waren bei Laras Haus angekommen und Paul verabschiedete sich von ihr. Während Buddy an einem Baum neben ihren Häusern sein Geschäft verrichtete, drehte sich Paul zu Lara und rief ihr nach: »Hast du heute am Nachmittag etwas vor?«

»Nein«, antwortete Lara.

»Willst du mit mir zu einer Veranstaltung von SPIELERPASS gehen?«

Lara lächelte. »Sehr gerne.«

»Super. Ich hol dich um fünfzehn Uhr ab.«

»Bis nächste Woche«, rief Paul seinem Gast hinterher und schloss die Eingangstür. Glücklich ging er ins Wohnzimmer und räumte die zwei Gläser, aus denen er und der Gast getrunken hatten, in den Geschirrspüler. Sein Blick fiel auf die Wanduhr in der Küche und er erschrak.

»O nein! In fünf Minuten muss ich Lara abholen.«

Eilig lief er in sein Zimmer, machte sich zum Gehen bereit und nahm Buddy an die Leine. Keuchend kam er bei Lara an, die im selben Augenblick die Tür öffnete.

»Ich war mir nicht sicher, ob du pünktlich bist«, sagte Lara.

»Ich habe schon gewartet, bis ich dich endlich abholen kann«, antwortete Paul, nachdem er wieder zu Atem gekommen war.

»Natürlich, das dachte ich mir schon.« Lara zwinkerte ihm zu.

Sie spazierten mit Buddy durch die Straßen. Dieser zerrte an seiner Leine und Paul musste ihn mehrmals streng zurückhalten.

»Er ist heute sehr stürmisch«, bemerkte Lara.

»Ja. Ich hoffe, dass wir ihn mit Hilfe der Hundeschule beruhigen können.«

»Wann habt ihr dort den nächsten Termin?«

»Nächste Woche, am Mittwoch. Darf ich dich etwas fragen, Lara?«

Sie blieb stehen und nickte.

»Wie würdest du jemandem sagen, dass du ihn gernhast?«, sprach Paul weiter.

Lara drehte sich zu Paul. »Ich würde demjenigen tief in die Augen sehen – so wie ich dir jetzt –, dann würde ich ihm sagen, dass ich ihn total gernhabe.« Lara nahm Pauls Hand. So standen sie einige Sekunden lang da.

Paul räusperte sich und ließ Laras Hand los. »Das … das ist eine tolle Art und Weise. Ich weiß aber nicht, ob man es direkt sagen sollte.«

»Warum nicht? So weiß die andere Person, was man für sie empfindet.«

»Das würde ich sehr mutig finden«, merkte Paul an.

»Es gehört Mut dazu, wenn man einem anderen Menschen seine Gefühle offenbart. Und man weiß nicht, ob man dafür belohnt wird. Aber wenn der Fall eintreten sollte, ist die Belohnung der beste Beweis für den aufgebrachten Mut.«

»Wir sollten weitergehen, damit wir nicht zu spät kommen«, sagte Paul und wandte sich von Lara ab.

Nach einigen Minuten des Schweigens kamen sie in dem Park, in dem Paul Nikolas kennengelernt hatte, an. Auf der Wiese waren drei kleine Fußballfelder errichtet worden. Daneben standen mehrere große Zelte. Eine kleine Gruppe vor dem Eingang eines Zeltes war in ein Gespräch vertieft.

»Ich kenne diese Leute.« Paul zeigte auf die Gruppe. »Nicht persönlich. Aus dem Fernsehen. Das sind Profifußballer aus der Bundesliga.«

»Was machst du jetzt?«, fragte Lara.

»Ich muss Nikolas finden.«

»Dann beschäftige ich Buddy und du suchst ihn. Wir treffen uns nach der Veranstaltung wieder hier.«

»Danke!«, sagte Paul und drückte Lara die Hundeleine in die Hand.

Er betrat eines der Zelte. Mehrere Helfer bauten gerade Tische und Bänke auf. In einer Ecke sah er Nikolas, der eine Mappe in der Hand hielt und sehr in ihren Inhalt vertieft war.

»Hallo Nikolas«, sprach Paul ihn an.

»Paul. Schön, dass du hier bist. Wir sind mitten in den Vorbereitungen für den SPIELERPASS-Cup.«

»Wo und wie kann ich helfen?«

»Im Moment könntest du hier und in den anderen Zelten helfen, die Tische, Bänke und Bühnen aufzubauen. Draußen bauen wir dann die Soundanlage und das DJ-Pult auf. Nach den Spielen gibt es eine kleine Feier für die Spieler und Besucher des Events. Ich hoffe, wir werden rechtzeitig fertig.«

»Bestimmt«, versuchte Paul Nikolas zu beruhigen. »Wie lange im Vorhinein planst du für ein Event dieser Größe?«

»Drei bis vier Monate. Die Arbeit beginnt im Büro am Papier. Wie lange hast du heute denn Zeit?«

»Den ganzen Nachmittag.«

»Danke für deine Hilfe, Paul. Nach den Aufbauarbeiten würde ich dich am Tisch der Turnierleitung brauchen. Dort musst du die Spielpaarungen durch das Mikrofon ansagen und die Ergebnisse eintragen. Falls dir die Profispieler ins Auge gestochen sind, sie fungieren freiwillig als Schiedsrichter bei den Spielen. Wenn das Turnier zu Ende ist, arbeiten wir alle gemeinsam in den Zelten bei den Speisen und Getränken. Ist das für dich in Ordnung?«

»Ja. Ich helfe, wo ich gebraucht werde«, sagte Paul und begann gemeinsam mit Nikolas einen Tisch aufzubauen.

Alles war fertig aufgebaut und stand auf seinem Platz. Paul setzte sich an den Tisch der Turnierleitung. Zusammen mit einem anderen Helfer teilten sie die Mannschaften ein und die Profispieler informierten sie über die Ergebnisse der Partien. Während die Spiele liefen, war Paul entspannt und sah den Mannschaften zu. Es waren Teams, in denen Kicker mit unterschiedlichen Beeinträchtigungen dem Ball hinterherjagen konnten. Die einzelnen Spiele dauerten nicht zu lange, und trotzdem spielten die Fußballer mit Begeisterung. Wenn ein Spieler ein Tor schoss, drehte er jubelnd ab und feierte mit seinen Mitspielern. Die Zuseher applaudierten. Die Spieler der Mannschaft, die das Tor kassiert hatten, ärgerten sich einen Moment, bevor sie sich wieder auf das Spiel und den Ball konzentrierten. Keine Minute später konnte ihr Stürmer den Ball im gegnerischen Tor unterbringen. Wie eben zuvor feierte auch diese Mannschaft gemeinsam und wurde vom Publikum mit Beifall belohnt.

Die Mannschaften rackerten sich ab, diskutierten gemeinsam und hatten Spaß. Dann ertönte die Pfeife des Schiedsrichters. Paul erkannte den großgewachsenen Mann, der soeben das Spiel beendet hatte, aus unzähligen Bundesligaübertragungen im Fernsehen. Viele Jahre hinweg bestaunte Paul schon seine Torjägerqualitäten – und jetzt war Stefan Maierhofer nur ein paar Schritte von ihm entfernt. Die Spieler beider Mannschaften klatschten sich gegenseitig ab und umarmten sich. Außerhalb des Feldes lachten sie mit den Besuchern des Events.

»Ergebnis der Partie: drei zu eins!«

Paul wandte den Blick von den Spielern und Besuchern ab. Vor ihm warf der Mann, der eben noch das Spiel leitete, einen großen Schatten auf ihn.

»Entschuldigung, wie bitte?«

»Drei zu eins.«

»Danke.«

»Du bist neu hier, oder? Ich heiße Stefan. Nett, dich kennenzulernen.« Stefan streckte Paul seine Hand entgegen.

»Ich bin Paul.«

»Es freut mich, dass du hier hilfst.«

»Wie lange bist du schon aktiv in der Organisation?«

»Ziemlich lange. Als ich von Nikolas und der Organisation hörte, musste ich mir unbedingt ein Bild davon machen. Es hat mir von Anfang an gefallen und ich wusste, dass ich auch helfen möchte.«

»Stefan, kommst du?«, unterbrach ein Helfer die Unterhaltung.

»Ich muss los, bis später!«

Stefan ging zu den Spielfeldern. Paul nahm das Mikrofon und den Turnierplan und pries die nächste Begegnung an.

Nach einer Stunde war eine Pause, in der Paul sich ein Getränk holte. Lara war mit Buddy nicht zu sehen, also setzte er sich allein an einen Tisch und schlürfte an seinem Becher, als neben ihm ein Mann und eine Frau zu stehen kamen.

»Ist hier noch frei?«, fragte der Mann.

»Ja, gerne. Setzt euch«, antwortete Paul.

Die beiden bedankten sich und ließen sich neben Paul auf der Bank nieder.

»Ich habe euch beide vorhin spielen gesehen. Dein Dribbling vor dem Tor war spitze«, sagte Paul. »Spielt ihr schon länger in dieser Mannschaft?«

»Danke«, sagte der Mann.

»Leider nicht«, führte die Frau weiter aus. »Wir sind keine eingetragenen Spieler. In unserer Umgebung gibt es keine Mannschaften und die Anfahrten zu Trainings und Spielen bei anderen Teams sind zu weit. Daher spielen wir manchmal bei Turnieren, die hier in der Nähe stattfinden, bei verschiedenen Mannschaften mit.«

»Oh. Das ist schade. Aus welcher Stadt kommt ihr denn?«

»Aus Tüche. Leider sind in dieser Gegend nicht viele Turniere.«

Nikolas kam in das Zelt. »Paul, wir brauchen dich wieder am Tisch der Turnierleitung. Die Spiele gehen weiter.«

»Ich komme«, antwortete Paul und wandte sich wieder dem Paar zu. »Ich muss los. Vielleicht sehen wir uns danach bei der Feier noch einmal.

Nach der Arbeit bei der Turnierleitung begab sich Paul ins Zelt für die Essensausgabe.

»Gut, dass du da bist, Paul«, fing Nikolas ihn am Eingang ab. »Wir brauchen dich hinter der Theke bei den Getränken. Arnold benötigt unbedingt deine Hilfe, da sein Helfer soeben ausgefallen ist.« Er machte mit dem Kopf eine Geste zur Bar in der linken hinteren Ecke des Zeltes. Direkt daneben befand sich die große Bühne, auf der ein Tisch mit Pokalen in verschiedenen Größen und Medaillen stand.

»Bin schon unterwegs.«

Paul bahnte sich einen Weg durch die Menschenmenge. Als er hinter der Bar ankam, sah er einen Mann, der alle Hände voll zu tun hatte. Seine schwarzen Haare waren zu einem Pferdeschwanz gebunden. Er drehte sich zu Paul und sah ihn verdutzt an:

»Kann ich dir helfen?«

»Ich suche Arnold. Nikolas schickt mich, ich soll ihm helfen«, sagte Paul, während er auf eine Narbe am Kinn des Mannes starrte.

»Ich bin Arnold«, sagte der Mann. »Schön, dass du mir hilfst. Wir nehmen die Getränke auf, geben sie den Bestellern und nehmen das Geld entgegen. Es ist nicht schwer, aber es sind im Moment viele durstige Leute hier.«

Langsam wurde die Menge weniger. Paul und Arnold konnten durchschnaufen und setzten sich ans Ende der Bar, von wo man die Bühne im Blick hatte.

»Geschafft«, sagte Arnold.

»Zum Glück wurden die durstigen Menschen weniger«, merkte Paul an.

»Das hat einen guten Grund. Die Siegerehrung hat begonnen. Soeben wird der erste Pokal übergeben. Das solltest du nicht verpassen.« Arnold hob seine Hand und zeigte auf die Bühne. Dort stand Nikolas mit dem kleinsten Pokal in der Hand und übergab ihn an ein Mitglied der Mannschaft auf der Bühne. Alle Spieler des Teams griffen zum Pokal und bildeten eine Menschentraube. Gemeinsam jubelten und lachten sie. Einige kamen zu Nikolas und gaben ihm ein High Five. Die Menge im Zelt tobte und freute sich mit den Spielern.

»Das ist immer wieder toll anzusehen«, lächelte Arnold.

Paul war verdutzt. »Warum freut sich die Mannschaft über den letzten Platz?«, fragte Paul.

»Freust du dich nicht, wenn du glücklich bist?«, entgegnete Arnold.

»Doch. Aber es ist der letzte Platz, also waren sie heute die schlechteste Mannschaft bei diesem Turnier.«

»Sie hatten heute Spaß und einen tollen Tag. Deshalb sind sie glücklich.«

Die anderen Mannschaften wurden ihren Plätzen entsprechend auf die Bühne gerufen, um ihre Pokale entgegenzunehmen, und feierten ebenfalls ausgelassen.

Arnold ließ Paul wissen, dass er den Rest der Veranstaltung seine Hilfe nicht mehr benötigte. Paul kam hinter der Bar hervor und suchte in der Menge Nikolas. Am Eingang traf er den Mann und die Frau, mit denen er in der Pause an einem Tisch gesessen hatte. Sie winkten ihm von Weitem zu.

»Geht ihr beide nach Hause?«, fragte er sie.

»Ja«, sagte die Frau. »Es war ein langer Tag für uns.«

»Werdet ihr in nächster Zeit wieder bei einem Turnier mitspielen?«

»Leider nicht. In nächster Zeit sind keine Turniere hier in der Nähe geplant.« Die beiden sahen sich bedrückt an.

»Das ist schade.«

»Paul!«, schrie jemand hinter ihm. Er drehte sich um und sah Nikolas und Stefan.

»Wir müssen los«, verabschiedeten sich der Mann und die Frau.

»Tschüss. Ich hoffe, wir sehen uns bald wieder.« Paul klopfte den beiden auf die Schulter. Dann eilte er zu Nikolas und Stefan.

»Gibt es in nächster Zeit keine Turniere in der Region?«, fragte er.

Nikolas' Lächeln verschwand. »Nein, im Moment ist nichts geplant. Für unsere Veranstaltung muss leider vieles zusammenspielen. Das ist hier in den nächsten Monaten nicht der Fall.«

Paul seufzte. »Schade. Was kann ich heute hier noch tun?«

»Draußen haben Helfer die Abbauarbeiten der Anlagen begonnen. Du kannst ihnen dabei helfen.«

Nikolas eilte zu Arnold, der ihn hinter der Bar zu sich winkte. Paul wollte das Zelt verlassen, wurde jedoch von einer Hand an seinem Arm festgehalten.

»Hier!« Stefan streckte ihm einen Zettel entgegen. »Wenn du etwas brauchst, melde dich bei mir.«

Paul wunderte sich und ging aus dem Zelt. Nach den Abbauarbeiten verabschiedete er sich von Nikolas und Stefan und überblickte den Park, in dem Lara und Buddy unter einem Baum warteten. Voll Freude erzählte ihm Lara, dass Buddy und sie bei der Veranstaltung helfen konnten.

Sie durfte Kaffee und Kuchen an Zuschauer und Spieler verteilen, und Buddy spielte inzwischen mit ihnen und ließ sich streicheln.

»Das war nett von euch«, entgegnete Paul Laras Bericht. »Lass uns nach Hause gehen.«

Der Heimweg verlief ruhig und still. Vor Pauls Haus drehte Lara sich zu ihm. »Du warst den gesamten Weg nachdenklich. Ist alles in Ordnung?«

»Ich bin nur müde. Danke, dass du heute dabei warst und auf Buddy aufgepasst hast.«

Er umarmte Lara. Sekunden vergingen – bis er sie losließ. »Bis morgen.«

Daheim angekommen, traf Paul im Wohnzimmer auf eine unbekannte Frau. Es war nicht jene von der Bar, die er und Lara beobachtet hatten. Nach einer knappen Begrüßung stand Paul regungslos da. Sein Vater kam, mit einem Hemd und einer Jeans bekleidet, aus der Küche ins Zimmer und blickte Paul überrascht an, der den Blick erwiderte. Ein Hemd hatte Paul an seinem Vater seit Jahren nicht gesehen. »Warte im Zimmer, Paul. Wir sind in wenigen Augenblicken fertig.«

Buddy machte es sich in seinem Körbchen in Pauls Zimmer gemütlich, drehte sich zweimal im Kreis und legte sich auf die Seite.

Nach wenigen Augenblicken kam Pauls Vater.

»Zwei Frauen an einem Tag. Tolle Leistung«, sagte Paul hämisch.

»Was meinst du?«, fragte ihn sein Vater.

»Lara und ich haben dich heute mit der anderen Frau in der Bar gesehen.«

»Das verstehst du …«

»Es ist mir egal«, schnitt Paul ihm das Wort ab. »Ich gönne dir eine Frau an deiner Seite. Oder zwei. Oder fünf. Du warst ja in den letzten Tagen öfter aus dem Haus.«

»Das war ich«, sagte sein Vater bestimmt. »Um Bewerbungsgespräche zu führen. Das Gespräch in der Bar war auch eines. Diese Frau führt ein kleines Geschäft drei Straßen weiter. Ich möchte wieder irgendwie Tritt fassen.«

Paul starrte seinen Vater an. Seine Wangen wurden rot. »Tut mir leid.«

»Das muss es nicht. Meine Vergangenheit lässt so einiges vermuten. Darum werde ich einen Entzug machen. Und die Aussichten für die Arbeit danach in dem Laden stehen gut.«

»Klasse.« Paul lächelte. »Wer war die Frau vorhin im Wohnzimmer?«

»Ich möchte jemanden einstellen, der sich um das Haus kümmert.«

»Glaubst du nicht, dass wir das gemeinsam schaffen?«

Pauls Vater schmunzelte. »Vielleicht. Wir können es uns noch überlegen. Du solltest aber schlafen gehen, es ist schon spät. Morgen kannst du mir alles vom SPIELERPASS-Cup erzählen.«

»In Ordnung.«

Aus der Ecke hörten die beiden ein kurzes Schnauben und drehten sich zu Buddy.

»Er ist ein super Hund«, sagte Pauls Vater und verließ das Zimmer.

Zufrieden lehnte sich Paul in seinem Bett zurück. Sein Vater nahm wieder am Leben teil. An seinem Leben.

11
Ben

»Wo gehen wir hin?«, fragte Sandi.

»Wenn ich es dir sage, ist es keine Überraschung«, entgegnete Ben.

Ben lief vor Sandi her. Über seiner linken Schulter hing ein Rucksack und mit einer Taschenlampe leuchtete er den Weg vor ihnen aus. Äste und Gestrüpp ragten in den Rand des Lichtkegels der Lampe hinein. Ben war den Weg vor zwei Tagen allein gegangen, mit einem Unterschied – es war damals Tag und hell gewesen. Nun schwenkte er in der Dunkelheit hin und wieder das Licht auf die Seite.

»Bist du dir sicher, dass du weißt, wo wir sind? In diesem Wald sieht alles gleich aus.« Sandi wirkte ängstlich.

»Ja! Ja, klar«, sagte Ben bestimmt.

An einer Gabelung teilte sich der Weg in zwei Richtungen auf und sie blieben stehen. Plötzlich knackte etwas …

Sandi griff nach Bens Arm. »Hast du das gehört?«

»Natürlich.« Ben zielte mit der Taschenlampe in die Richtung, aus der das Geräusch gekommen war. Sein Puls raste. Langsam kam der Verursacher des Geräuschs hinter einem Baum hervor und schnupperte aufgeregt am Baumstamm – bis er die beiden erblickte und in der Dunkelheit verschwand.

»Es war nur ein Hase, Schatz.«

»Ein sehr süßer Hase«, merkte Sandi an.

»Komm. Wir sind bald da.«

Sie nahmen die linke Abzweigung und nach wenigen Minuten erreichten sie eine Lichtung. Ben führte Sandi zu einem großen Stein, hinter dem die Lichtung leicht abzufallen begann. Auf der anderen Seite mündete sie in den Wald. Ben öffnete seinen Rucksack, holte eine Decke hervor und breitete diese über dem Stein aus.

»Nimm Platz, bitte.«

»Was hast du alles in deinem Rucksack?«

»Lass es mich dir zeigen.«

Ben holte aus seinem Rucksack ein Picknickgeschirr und ein ganzes Frühstück für sie beide hervor. Er schenkte Kaffee in zwei Tassen ein, Orangensaft in Gläser und verteilte das Essen auf den beiden mitgebrachten Tellern. Zu Sandis Überraschung holte er eine Schale mit selbstgepflückten Erdbeeren als Nachtisch aus dem Rucksack. Genussvoll lehnten sie am Stein, genossen das üppige Essen und allmählich lichtete sich das Dunkel der Nacht.

»Schau!« Ben streckte seine Hand aus und zeigte auf die andere Seite der Lichtung. Sandi hob ihren Blick und sah über die Bäume hinweg. Dahinter waren weitere Wälder und Wiesen – und der Horizont, der im Morgenrot schimmerte.

»Wow. Ein schöner Anblick. Danke, dass du mich mitgenommen hast.«

Ben gab Sandi einen Kuss. »Bald geht die Sonne auf und wird ihr Licht auf uns werfen.«

Sie saßen aneinandergeschmiegt auf der Decke und betrachteten den Horizont. Nach wenigen Augenblicken fiel der erste Sonnenstrahl auf die Lichtung.

»Ich wollte dir heute etwas Besonderes zeigen. Darum habe ich dich hierhergebracht. Immerhin haben wir uns genau vor einem Jahr kennengelernt.«

Sandi setzte sich auf und blickte in Bens Augen. »Du bist wundervoll.«

Sie küssten sich erneut und als sie wieder aufblickten, waren ihre Gesichter von der Sonne erhellt.

»Ich könnte ewig hier sitzenbleiben«, lächelte Sandi und platzierte ihren Kopf auf Bens Brust, der sich auf die Decke gelegt hatte.

»Ich auch«, nickte Ben.

»Glaubst du, du hast mit der Musik die richtige Entscheidung getroffen?«

Ben überlegte einen kleinen Augenblick, ob er sich aufrichten und damit Sandis Kopf von seiner Brust lösen sollte, ließ es aber bleiben.

»Für mich gibt es keine falsche Entscheidung, nur mehrere richtige.«

»Möchtest du in der Zukunft noch immer Klavierspielen oder siehst du dich wieder auf dem Fußballfeld?«

»Ich plane nicht so weit in die Zukunft. Ich nehme es, wie es kommt. Mir ist nur eines wichtig: glücklich sein. Dabei muss ich weder auf dem Fußballfeld noch am Klavier sein.«

»Nicht?«, war Sandi verdutzt.

»Nein. Ich sehe mich dabei im Kreis meiner Familie, meiner Freunde und Verwandten. Mir ist es egal, wo und wie, aber nicht mit wem«, beendete Ben den Satz und gab Sandi einen Kuss auf die Wange. Danach trat ein warmes und glückliches Schweigen ein.

Zwei Stunden waren seit ihrer Ankunft auf der Lichtung vergangen. Sie packten ihre Utensilien ein und verließen den Wald.

»Ich besuche noch Nick im Spital. Möchtest du mitkommen?«, fragte Ben.

»Das nächste Mal gern. Chris kommt heute nach Hause. Er möchte sich morgen mit uns den FC Tüche im Cupfinale ansehen.«

»Schade, dass wir das nicht gemeinsam verfolgen können, ich muss im Fansektor stehen. Nachdem ich bei Nick war, komme ich zu euch. Ich freue mich, Chris wieder zu sehen.«

»Gut. Bis später.« Sandi drückte ihm zärtlich einen Kuss auf den Mund.

Ben stieg die Treppe des Krankenhauses hinauf und bog in den Gang, in dem sich Nicks Zimmer befand. Kurz blieb er vor der Tür stehen, denn er hörte Nicks Stimme bis hierher. Sie klang scharf und verärgert. Die andere Person hielt laut dagegen. Ben erkannte die Stimme. Es war Nicks Sohn.

»Warum überschreibst du mir den Laden nicht?«

»Weil du ihn mit deinen Plänen entwerten wirst.«

»Entwerten? Ich werde ihn erneuern und in meine Kette eingliedern. Er wird mehr Geld einbringen und seinen Wert steigern.«

»Und du wirst die Verbindung zu den Kunden verlieren. Das hat mehr Wert als dein Geld. Du siehst in jedem Menschen, der deine Läden betritt, nur die Geldscheine. Dabei ist die Musik das Wichtige.«

»Nur weil du sofort jeden deiner Kunden als Freund haben möchtest und glaubst, ihr hättet etwas gemeinsam. Wie viel Gewinn hast du in den letzten Jahren mit dem Laden gemacht?«

Nick gab keine Antwort auf diese Frage.

»Das habe ich mir gedacht. Du wirst den Laden in den Ruin treiben. Mit deinen Konzerten finanzierst du den Laden. Wenn diese Einnahmen irgendwann wegfallen, wirst du dein Musikgeschäft verlieren. Genau deshalb bin ich damals ausgewandert. Und du schaffst es nun wieder.«

Ben vernahm Schritte, die sich Richtung Tür wandten. Er drehte sich suchend um, sah eine offene Tür gegenüber und schlüpfte hinein.

»Können wir Ihnen helfen?« Zwei Krankenpfleger sahen ihn verwundert an. Ben lugte durch einen kleinen Spalt in der Tür auf den Gang. Nicks Sohn war verschwunden. »Entschuldigung. Ich habe mich wohl in der Tür vertan.«

Er betrat Nicks Zimmer und schloss hinter sich die Tür. Nick saß am Tisch und starrte aus dem Fenster. Bei Bens Anblick wurde sein Gesichtsausdruck freundlicher.

»Hallo Ben. Schön, dass du da bist.«

»Hi Nick. Bist du verärgert?«

»Ein wenig. Es ist aber nicht wichtig.«

»Ich möchte ehrlich zu dir sein, Nick. Anton hat mir von deinem Sohn erzählt und ich habe euren Streit gerade eben mitbekommen.«

Nick wandte den Blick von Ben ab.

»Bitte nicht böse sein. Aber: Vielleicht meint es dein Sohn nur gut.«

»Gut meinen? Wolfgang wird niemals etwas gut meinen. Zumindest nicht, wenn es mit dem Geschäft in Verbindung steht. Da ist ihm nur sein Gewinn wichtig.«

»Stimmt es, was er über deinen Laden gesagt hat? Machst du keinen Gewinn mit ihm?«

Nick bejahte dies.

»Lässt deine Gesundheit die Führung des Ladens und die Konzerte zu?«

»Nein. Beides wird nicht mehr möglich sein.«

Traurig senkte Ben den Kopf. »Dann war das wohl unsere einzige gemeinsame Tour.«

»Bestimmt nicht. Die Konzerte werde ich nicht aufgeben. Ich werde aber auch das Geschäft nicht Wolfgang überschreiben.«

»Was dann?«

»Ich stelle dich als Geschäftsführer ein.«

Überrascht hob Ben seinen Blick. »Ich als Geschäftsführer?«

»Ja, wenn du damit einverstanden bist. Ich werde dir alles, was du noch nicht weißt, zeigen.«

Die Tür öffnete sich und ein Mann in einem weißen Kittel trat ein. »Sind Sie fertig, Herr Theiler? Sie können Ihre Entlassungspapiere nun mitnehmen.«

»Ja. Vielen Dank.«

Erst jetzt fiel Ben auf, dass Nick nicht die Krankenhauskleidung wie sonst trug. Nick nahm seine Tasche, ging an Ben vorbei und verließ das Zimmer. Irritiert drehte Ben seinen Kopf zur Seite. Ein Stück Papier, das am Boden unter dem Krankenbett lag, lenkte seine Aufmerksamkeit auf sich. Ben hob es auf. Es war ein Foto, ein altes Foto, dessen Seiten eingerissen waren und wo eine Ecke fehlte. Darauf war ein Mann zu sehen, der ein Kleinkind auf dem Arm hielt. Der Mann war eindeutig Nick. Dann musste, schlussfolgerte Ben, das Kind Wolfgang sein. Nick hatte das Foto all die Jahre aufgehoben.

»Kommst du, Ben?«, fragte Nick, der noch einmal zum Zimmer zurückgekehrt war.

»Ja.«

Vor dem Krankenhaus verabschiedeten sie sich voneinander und Ben machte sich auf den Weg zu Sandi und Chris. Das Foto hatte er in seine Hosentasche gesteckt. Gedankenversunken spazierte er den Gehweg entlang.

»Kleiner, pass auf!« Jemand zog ihn am Arm zurück. Er hatte am Zebrastreifen die rote Ampel übersehen und wäre beinahe von einem Radfahrer angefahren worden.

»Danke«, sagte er und drehte sich zu der Person um, die ihn immer noch am Arm festhielt. Es war Wolfgang Theiler.

»Dich kenne ich doch«, sagte dieser. »Du warst im Geschäft meines Vaters.«

Sekunden vergingen.

»Ich muss mit Ihnen sprechen«, sagte Ben.

12
Christian

Christian wurde angestupst. Er öffnete seine Augen, nahm die Kopfhörer ab und sah durch das Flugzeugfenster weiße Wolken und den blauen Himmel.

»Willst du einen Snack?«, fragte der Junge auf dem Platz neben ihm und deutete auf die Stewardess, die mit einem Snackwagen den Gang entlangfuhr.

»Nein, danke. Ich bin versorgt«, antwortete Christian und rieb sich die Augen. »Fliegen wir noch lange?«

»Eine halbe Stunde noch. Habe ich dich geweckt?«

»Nein. Ich habe über etwas nachgedacht.«

Christian trennte die Kopfhörer vom MP3-Player und wollte diesen ausschalten.

»Darf ich mir den für den Rest des Fluges ausborgen?« Der Junge deutete auf das Musikgerät.

»Gerne. Ich brauche ihn aber wieder. Ein Freund hat ihn mir geborgt.«

Der Junge setzte die Kopfhörer auf und steckte das Kabel an den MP3-Player.

»Dein Freund hört gute Musik. *Sonata Arctica* ist eine tolle Band.«

»Ich kenne die Bands nicht, aber bei dem Lied hat mir der Text gut gefallen.«

»Ich verstehe. Probleme mit einem Mädchen?«

Christian nickte betrübt und ließ sich in seinen Sitz sinken.

»Das tut mir leid. Mein Vater sagte mir einmal: Man kann nicht mit Frauen und auch nicht ohne sie.«

»Anscheinend ist es das«, pflichtete Christian ihm lächelnd bei.

»Wenn du mich fragst, ist das Blödsinn. Niemand setzt dir ein Mädchen vor und verlangt, dass du mit ihr auskommst. Man muss sich eben Zeit lassen, um sich richtig kennenzulernen.«

Christian ließ sich diese Worte durch den Kopf gehen und bekannte schließlich: »Du hast recht!«

Es kam keine Antwort. Christian drehte sich zu dem Jungen, der sich auf dem Sitz zurückgelegt hatte und der Musik lauschte.

Nach der Landung bekam Christian den MP3-Player zurück und steckte ihn in seinen Rucksack. Plötzlich eilte ein Mann den Gang entlang und versetzte Christians Sitznachbar einen Stoß, dass er auf Christian fiel.

»Hey!«, rief Christian dem Mann hinterher.

»Schon gut«, beschwichtigte ihn der Junge. »Ich habe keine Eile.«

Nach dem Aussteigen gingen die Passagiere zur Gepäckausgabe. Dichtgedrängt standen die Leute um das Förderband, das die Koffer in die Halle transportierte. Christian fand keinen Platz in den vorderen Reihen und ließ den anderen den Vortritt, während er im Hintergrund wartete. Nach kurzer Zeit sah er den Mann wieder, der den Flieger überstürzt verlassen hatte. Dieser zog drei Koffer hinter sich her und ging in Richtung Ausgang. Vom Jungen, der im Flugzeug neben Christian gesessen hatte, war keine Spur zu sehen.

Langsam lichtete sich die Menge am Förderband und Christian stellte sich in die erste Reihe. Die verschiedensten Koffer zogen an ihm vorbei, nur seiner war nicht dabei. Bald wartete außer ihm nur noch eine Frau. Ein weiterer Koffer kam durch die Öffnung in der Wand, er sah Christians Koffer ähnlich – war es aber nicht. Die Frau nahm ihr Gepäckstück vom Band und stolzierte davon.

Am anderen Ende der Halle sah Christian den Schalter für das Gepäck, der von zwei Angestellten besetzt war. Enttäuscht durchquerte er die Gepäckhalle und blieb vor dem Schalter stehen.

»Wie kann ich Ihnen helfen?«, fragte ein männlicher Angestellter. Seine Kollegin arbeitete an einem Papier im Hintergrund.

»Mein Koffer ist nicht da«, sagte Christian frustriert.

»Bitte füllen Sie dieses Formular aus.« Der Mann hielt ihm drei Zettel entgegen. Christian musste die Daten des Fluges, seine eigenen und das Aussehen des Koffers angeben. Am Ende wurde mit seiner Unterschrift das Nicht-Ankommen seines Gepäckstückes von ihm bestätigt und er reichte dem Mitarbeiter das Formular.

»Ich habe soeben mit den Kollegen, die den Flieger ausgeladen haben, telefoniert«, meldete sich die Dame im Hintergrund zu Wort. »Alle Koffer wurden auf das Förderband verfrachtet. Vermutlich ist Ihr Koffer noch am Abflughafen. Machen Sie sich keine Sorgen, wir kümmern uns darum und melden uns bei Ihrer angegebenen Telefonnummer.«

Christian verließ das Flughafengebäude und sah unzählige Bushaltestellen ohne Busse. Er ging zum Taxistand, wählte ein Taxi und sagte dem Fahrer die Adresse.

Ohne ein Gespräch zu beginnen, saß Christian auf dem Rücksitz und blickte in den heiteren Himmel. Aus den Radioboxen schallten die letzten Töne eines Songs. »Das waren *SUM 41* mit ihrem Sommerhit und nun kommen für die Verliebten unter uns *Guns n' Roses*«, ließ der Radiomoderator die Zuhörer wissen.

Das drängte Christian ein Mädchen in seine Gedanken. Layla.

»Könnten Sie bitte das Radio …«

WUMMS. Ein lauter Schlag zwang den Fahrer zu einer Notbremsung und Christian wurde in seinen Sicherheitsgurt gedrückt. Erschrocken stiegen beide aus dem Taxi. Neben dem Auto lag ein Fußball.

Christian blickte sich hektisch um und sah ein Mädchen in Sportbekleidung auf sich zurennen.

»Entschuldigung«, rief sie ihnen entgegen. »Das war keine Absicht.«

»Besuchst du die Tüche-Akademie?«, fragte der Taxifahrer.

Christian fuhr zusammen. Er hatte nicht bemerkt, dass sie neben dem Gelände seiner ehemaligen Akademie standen, erkannte nun aber den Trainingsplatz, von dem das Mädchen durch eine Tür im hohen Zaun zu ihnen gelangt war.

»Ja«, antwortete das Mädchen. »Wir trainieren gerade. Unser Ball wurde abgefälscht und ist über den Zaun geflogen. Ich hoffe, es ist dadurch kein Schaden entstanden.«

Der Fahrer untersuchte das Auto. »Auf den ersten Blick ist nichts kaputt. Falls wir später etwas finden, weiß ich, wo ich mich melden muss.«

»Danke.« Die Tüche-Spielerin nahm den Ball und lief zurück zu ihren Mitspielerinnen. Christian folgte ihr mit seinem Blick. Er schätzte das Mädchen auf zwei oder drei Jahre jünger ein, als er es war.

Christian nahm wieder seinen Platz im Taxi ein. »*You're not the only one*«, hörte er die Stimme des Sängers. Am Ende gefolgt von einem »*Everybody needs somebody*«. Der Fahrer nahm die Fahrt wieder auf. Christian blickte abermals aus dem Fenster.

Als er zu Hause ankam, senkte sich die Sonne Richtung Horizont. Die Eingangstür war nicht verschlossen und er trat ein.

»Chris?«

Die Tür zum Wohnzimmer stand offen und Sandi und Ben saßen auf der Couch.

»Wo warst du so lange?«, fragte Sandi. »Wir haben uns Sorgen gemacht.«

»Ich habe auf meinen Koffer gewartet und musste dann ein Formular ausfüllen, da er anscheinend nicht im Flieger war. Auf der Fahrt gab es noch einen kleinen Zwischenfall, aber nichts Ernstes. Wo ist Mama?«

»Sie kauft auf dem Wochenmarkt gerade Lebensmittel fürs Abendessen, müsste jedoch bald zu Hause sein.«

Christian betrat das Wohnzimmer und Sandi fiel ihm um den Hals. Danach begrüßte ihn Ben, der gerade bei Sandi auf Besuch war. Die Freunde hatten sich viel zu erzählen, zunächst berichtete Christian den beiden vom Heimflug und dann von Layla.

In der Zwischenzeit war auch seine Mutter vom Einkaufen zurückgekehrt und lauschte Christians Berichten.

Irgendwann gähnte Sandi. »Ich glaube, ich gehe ins Bett. Bleibst du noch hier, Ben?«

»Nein, ich komme mit. Ich möchte nur noch einen kurzen Augenblick mit Chris reden.«

»In Ordnung.« Sie drehte sich zu Christian. »Gute Nacht, Bruderherz. Das mit Layla tut mir leid. Schlaf gut, Mama«, sagte sie und verließ das Wohnzimmer.

»Ich werde mich auch schlafen legen. Gute Nacht«, antwortete Christians Mutter.

»Wenn du etwas brauchst«, begann Ben. »Wir sind für dich da.«

»Danke. Ein wenig Ablenkung kann nicht schaden.«

»Gut, dass du es ansprichst. Ich habe ein Angebot für dich. Nick will mich als Geschäftsführer für seinen Musikladen einstellen, weil er Streit mit seinem Sohn hat. Ich glaube jedoch, dass sich die beiden vertragen könnten, und möchte seinen Sohn mit ins Unternehmen einbinden. Dieser will es total modernisieren, und daher hatte ich mit ihm eine lange Unterredung. Wir wollen den Laden ein wenig erneuern, aber dabei muss die Seele des Ladens erhalten bleiben. Jetzt kommst du ins Spiel. Du bist bei den jungen Leuten bekannt und deshalb wollen wir dich als Werbefigur für das Geschäft, wenn das für dich in Ordnung ist.« Ben blickte Christian ernst an.

»Moment. Nicks Sohn? Geschäftsführer? Ich verstehe nur Bahnhof.«

In knappen Worten erklärte Ben Christian die Zusammenhänge, die seinen Freund staunen ließen. Und er fragte: »Hilfst du mir?«

Christian überlegte kurz. »Ich denke nicht, dass du mich reinlegen würdest. Daher helfe ich dir natürlich.«

»Das freut mich sehr, Chris«, sagte Ben und wollte sich von der Couch erheben.

»Warte!« Christian griff nach seiner Hand. »Ich habe ein Angebot von Tüche bekommen. Adam war in Livington und hat mit mir und Michael die Einzelheiten besprochen. Falls ich es mir überlege, werde ich den Vertrag am Tag nach dem Cupfinale unterschreiben.«

»Das ist super. Dann würden wir uns öfter sehen.«

Die beiden wechselten noch einige Worte, die ihre gemeinsame Zeit in Tüche betrafen, dann stand Ben mit einem Lächeln auf und verließ den Raum. Christian saß noch einen Augenblick im Wohnzimmer, dachte über alles nach und ging dann ebenfalls zu Bett.

Am nächsten Morgen machte er sich auf den Weg, um Samuel zu besuchen, der ihm vor seinem Anwesen entgegenkam.

»Hallo Chris. Was für eine erfreuliche Überraschung!«

»Hi Samuel. Wie läuft euer *Bed and Breakfast*?«

»Im Moment gut, leider haben wir noch keine Hilfe gefunden für die Zeit, in der ich weg bin. Anna ist ziemlich sauer deswegen.« Samuel blickte traurig zu Boden. »Ich überlege, ob ich dem Filmunternehmen absagen sollte.«

»Das wäre wirklich schade. Ich glaube, ich habe eine Lösung für euer Problem. Ich werde Anna helfen, solange ihr keine Aushilfe gefunden habt.«

»Wie willst du das von England aus machen?«

»Ich überlege, ob ich wieder nach Tüche wechsle.«

Samuel blickte überrascht. »Das wäre toll. Wenn es so weit sein sollte, werde ich das mit Anna besprechen. Komm rein, ich möchte dir etwas zeigen.«

Christian folgte Samuel ins Haus, die Treppe in den ersten Stock hinauf in sein Arbeitszimmer. Bei seinem letzten Besuch arbeiteten sie in diesem Raum gemeinsam an der neuen Comicfigur und deren Geschichten.

»Hier!« Samuel hielt ihm ein Comicheft entgegen.

»Ist das …?«, entgegnete Christian.

»Ja. Das ist die erste Ausgabe.«

Auf dem Cover prangte die Zeichnung von dem neuen Superhelden. Im Hintergrund war ein Fußballstadion abgebildet. Christian fischte einen Zettel aus seiner Hosentasche und verglich die Zeichnung darauf mit dem Cover.

»Du hast die ersten Entwürfe immer noch?«, fragte Samuel erstaunt.

»Natürlich. Mein Koffer wurde leider vor dem Abflug in England vergessen. Mir tat das sehr leid, weil die Zeichnung darinsteckte. Heute Morgen wurde mein Gepäck von einem Lieferdienst zugestellt und dieser informierte mich, dass es beim Nachtflug an Bord genommen wurde. Und jetzt ist es da!« Christian grinste und nahm das Comicheft in die Hand.

»Die Geschichte beginnt bei der Fußball-Weltmeisterschaft in Frankreich«, sagte Samuel. »Falls du nun wieder in Tüche sein solltest, freue ich mich auf die Zeit, in der wir gemeinsame Geschichten entwickeln.«

Christian blätterte freudig durch die Seiten und konnte es kaum glauben, dass diese Comicfigur seinen und Samuels Gedanken entsprungen war.

»Es ist großartig geworden. Wann geht es in den Verkauf?«

»Nächste Woche.«

»Klasse.« Christian spähte auf die Wanduhr. »Ich muss leider los. Das Spiel beginnt in wenigen Stunden. Ich melde mich bei dir, Samuel.«

»Und ich rede mit Anna über dein Angebot.«

Zufrieden verließ Christian das Anwesen. Er stieg in das Taxi, das er gerufen hatte, und holte sein Handy hervor. Er scrollte durch das Internet und machte sich einen Überblick über die Neuigkeiten in der Welt. Ein Mauerbau in Nordamerika, eine skandalöse Aufnahme auf den Balearen, ein Soldateneinmarsch in ein Land mit Ölvorräten. Diese Schlagzeilen waren in großen Lettern geschrieben. Dann widmete er sich den sozialen Netzwerken, dabei sprang Christian unerwartet ein Video ins Auge. Layla hatte es hochgeladen.

Er drückte den Play-Button. Mit Taschentuch in der Hand saß sie vor der Kamera. Sie schluchzte in die Linse und erklärte das Ende ihrer Beziehung mit Christian. Er soll sie über Wochen hinweg betrogen und schlecht behandelt haben. Immer wieder schnäuzte sie sich ins Taschentuch.

Christian war fassungslos. Wütend steckte er das Telefon in seine Hosentasche und hob seinen Kopf. Sein Entschluss stand fest: Er musste England hinter sich lassen.

Christian und Sandi wurden von Ben zum Stadion begleitet. Vor den Eingängen der Fußballstätte tummelten sich die vielen Fußballfans des FC Tüche und des SV Platisch. Zwischen der Menschenmasse ragten kleine Holzhütten empor. An einigen Ständen wurden kulinarische Köstlichkeiten und Getränke angeboten, an anderen waren die Betreiber auf ein Geschäft mit Schals und Trikots der Mannschaften aus.

Christian, Sandi und Ben mischten sich unter die Besucher.

»Hallo Ben«, rief eine Stimme hinter den dreien.

Christian drehte sich um und sah ein Mädchen, das sich gerade das Kopftuch zurechtrückte.

»Mara, schön dich zu sehen«, entgegnete Ben.

»Wir werden vor dem Spielbeginn unsere Choreographie im Stadion einstudieren und die Banner aufhängen. Zuvor möchte ich dich aber noch dem Gründer unseres Fanclubs vorstellen.« Mara zeigte auf einen Mann, der sich gerade bei einer Holzhütte etwas zu essen bestellte.

»Der Mann kommt mir bekannt vor«, schaltete Christian sich ins Gespräch ein.

»Mir auch«, antwortete Ben. »Das ist der Hausmeister der Tüche-Akademie.«

»Genau«, sagte Mara. »Komm, wir haben nicht mehr viel Zeit.« Mara und Ben drängten sich durch die Menge fort.

»Wir sollten uns auch zu einem Eingang begeben«, sagte Christian zu seiner Schwester.

13
Rami

Rami verließ die Kabine und stand vor dem Eingang zum Spielertunnel.

»Bist du in der Startaufstellung, Rami?«, fragte ihn sein Vater.

Rami schüttelte verärgert den Kopf. »Ich sitze am Anfang auf der Ersatzbank.«

»Das ist in Ordnung. Du wirst deine Chance bekommen.«

Plötzlich läutete das Handy seines Vaters.

»Ich muss da kurz rangehen«, sagte er und drehte sich von Rami weg, der wenig später andeutete, dass er ins Innere des Stadions gehen müsse. Sein Vater nahm das Handy kurz vom Ohr, wünschte ihm viel Glück und wandte sich ab.

»Vergiss nicht, dass ich eine Eintrittskarte weitergegeben habe und neben dir noch jemand sitzt«, rief ihm Rami hinterher, in der Hoffnung, dass er es hören würde.

Rami betrat den Rasen. Die Fans tobten auf den Rängen und verfolgten die beiden Mannschaften während des Aufwärmprogramms. Das Nationalstadion, in dem jedes Cupfinale ausgetragen wurde, bot mehr Platz für Zuseher, als es bei der Heimstätte des FC Tüche der Fall war. Zusammen mit den anderen Tüche-Ersatzspielern spielte Rami sich den Ball zu. Seine Mitspieler, die in der Startaufstellung standen, brachten ihre Muskeln auf Temperatur und gingen danach in die Kabine, um sich die Trikots anzuziehen. Rami wollte sich zur Ersatzbank begeben und wurde an der Hand zurückgehalten.

»So sieht man sich wieder.«

»Alex? Bist du heute im Kader des SV Platisch?«

Nur zu gut erinnerte sich Rami an die Begegnung mit Alex im Endspiel der Akademie. Er hatte an Muskelmasse zugelegt und sein Körper wirkte nicht mehr schmächtig.

»Ja. Genau wie du darf ich auf eine Einwechslung hoffen. Danke nochmal für den Zuspruch im Finale letztes Jahr. Wir sehen uns auf dem Spielfeld.«

Alex machte sich auf in Richtung Platisch-Bank, während Rami sich hinter seinen Trainer und Adam in die zweite Reihe der Ersatzbank auf einen gepolsterten Sitz setzte. Er beobachtete, wie das Schiedsrichterteam zusammen mit seinen Mitspielern und Gegnern auf das Feld lief.

Der Pfiff des Schiedsrichters – das Spiel begann.

Rami dachte an die Worte seines Vaters, als dieser vor wenigen Tagen vor seiner Tür stand. *Ich möchte dich, meinen Sohn, unterstützen.* Davon hatte Rami vorhin vor der Kabine nichts gemerkt. Ein Anruf war ihm wichtiger als Rami kurz vor einem entscheidenden Match. Ein leises Gefühl von Leere baute sich in ihm auf, wie es ihm von Kindheit an bekannt war. Die Gedanken an seinen Vater ließen ihn das Cupfinale vor seinen Augen vergessen.

Plötzlich laute Jubelschreie. Rami besann sich und versuchte zu erkennen, was passiert war. Ein Grüppchen der Tüche-Spieler lag in einer Jubeltraube und feierte. Tüche lag 1:0 in Führung. Rami riss die Hände in die Höhe – bis er sah, dass das medizinische Team seiner Mannschaft jemanden nach der Auflösung der Jubeltraube verarztete.

»Geh und wärm dich auf, Rami!«, sagte Adam.

Rami stand unbeherrscht auf und verließ die Ersatzbank. Neben dem Seitenaus begann er mit Laufübungen. Gespannt blickte er auf die Anzeigeuhr. In der ersten Halbzeit waren noch zwei Minuten zu spielen. Der Stadionsprecher gab über die Lautsprecher den Torschützen bekannt. Peter hatte das Tor erzielt. Er war auch derjenige, den Rami neben dem Arzt am Boden liegend erkannte. Der Mediziner machte eine unverkennbare Geste zum Trainer und teilte diesem mit, dass eine Auswechslung nötig sein würde. Rami wandte seinen Blick zur Ersatzbank und sah Adam in einer Unterredung mit dem Trainer, der sich anschließend in Ramis Richtung drehte. »Mach dich fertig. Du wirst in der Halbzeit eingewechselt!«, schrie er.

Rami beschleunigte seine Läufe und ging dann zu Dehnübungen über, als im selben Moment der Schiedsrichter die erste Halbzeit beendete. Rami nutzte nun das Spielfeld und war am Ende seines Aufwärmprogramms angekommen. Er genoss die Stadionatmosphäre, streifte sich sein Trikot über und sah Adam auf sich zulaufen. »Bist du nervös?«, fragte er.

»Ein wenig.« In Wahrheit konnte er sich vor Aufregung kaum auf das Spiel konzentrieren. »Wie geht es Peter?«

»Er hat eine Muskelverletzung. Mehr kann der Arzt noch nicht sagen. Fokussier dich auf das Spiel. Wir wissen, was du kannst, und du auch.«

Rami nahm den Rat mit einem Nicken zur Kenntnis.

»Hier. Peter wollte, dass ich dir das gebe.« Adam hielt ihm die Kapitänsbinde entgegen.

Zögernd nahm Rami sie an. Er schlüpfte mit seiner Hand durch und befestigte sie an seinem Oberarm.

Nach dem Wiederbeginn des Spiels ließen die Tüche-Spieler den Ball in den eigenen Reihen umherwandern. Rami bekam den Ball und wurde unter Druck gesetzt. Er drehte sich zum eigenen Tor und passte den Ball zu seinem Tormann.

»O nein!«, entkam ihm ein Schrei.

Hinter seinem Verteidigerkollegen wartete ein gegnerischer Stürmer auf diesen Pass. Rami sprintete dem Ball hinterher, doch der Stürmer war schneller. Mit dem Ball am Fuß lief dieser auf das Tor zu – Schuss. Der Tormann erreichte den Ball nicht. Musste er auch nicht. Der Ball flog knapp am Tor vorbei.

»Rami, konzentrier dich!«, tobte der Trainer am Seitenrand.

Rami atmete tief durch und blickte auf die Tribüne zum Platz seines Vaters. Dort saßen seine beiden Brüder und – Paul. »Er hat meine Eintrittskarte angenommen«, sagte Rami zu sich.

Mit einer Drehung richtete er seinen Blick auf den Fansektor des FC Tüche und erkannte in den vorderen Reihen Ben zusammen mit dem Fanclub. Seine Augen wanderten weiter zum nächsten Sektor. Zufällig erspähte er Christian mit Sandi. Rami nahm eine aufrechte Haltung an und lächelte. Seine Freunde waren im Stadion und feuerten ihn an. Er war bereit.

Der SV Platisch machte ihn nach dem Fehler als schwächstes Glied in der Mannschaft aus und ab sofort spielten sie alle Angriffe über Rami. Sein gewonnenes Selbstvertrauen ließ Rami jedoch über sich hinauswachsen. Egal ob es eine hohe Flanke nach vorne war oder ein Zweikampf mit einem Gegner: Rami hatte nach jeder Aktion den Ball. Kurz vor Ende des Spiels wurde Alex bei der gegnerischen Mannschaft eingewechselt.

Ein Gegenspieler lief die Seitenlinie entlang in die Spielhälfte des FC Tüche. Rami sah in seinem Rücken Alex vorbeilaufen und rannte ihm hinterher. Der Platisch-Spieler mit dem Ball flankte in den Strafraum und Rami sprang zum Kopfballduell mit Alex in die Luft. Dieser war zwar kleiner als Rami, brachte aber viel Robustheit in den Zweikampf. Alex köpfte den Ball in Richtung des Tores und Rami fiel zu Boden. Im Fallen sah er, wie der Tormann seiner Mannschaft den Ball ins Toraus lenkte – Eckball.

Alex streckte Rami die Hand entgegen, der sie dankend annahm und sich vom Boden hochzog. Beide grinsten. Der Eckball würde die letzte Chance für den Ausgleich sein. Rami stand in der Nähe der vorderen Stange und sah, wie der Ball über ihn hinweg in die hintere Hälfte des Fünfmeterraums flog. Intuitiv bewegte er sich auf die Torlinie des eigenen Tores zu. Alex gewann wieder das Kopfballduell gegen die Tüche-Spieler und beförderte den Ball wuchtig in Richtung des Tores. Der Tormann hatte keine Chance, ebenso wenig wie Rami, der das Gleichgewicht verlor und stürzte. Der Ball sprang neben ihm an die Stange und kullerte vor dem Tor herum. Rami konnte ihn aus seiner Sitzposition heraus aus der Gefahrenzone befördern, direkt vor Alex' Füße.

Kein Tüche-Spieler konnte den Schuss verhindern.

Rami saß weiterhin auf dem Boden, auf der Torlinie. Alex traf den Ball mit voller Wucht – und Rami schloss die Augen. Er spürte einen harten Aufprall auf seiner Brust und rang nach Atem. Als die Luft wieder in seine Lungen drang und er die Augen öffnete, lag der Ball im Seitenaus.

Drei Meter vor ihm stand Alex mit einem unbegreiflichen Gesichtsausdruck. Der Pfiff des Schiedsrichters signalisierte das Ende des Spiels. Die Tüche-Spieler liefen zu Rami, halfen ihm auf die Beine und feierten seine Rettungstat. Zwei seiner Mitspieler hoben ihn auf ihre Schultern und trugen ihn über das Spielfeld.

14
Ben

»Ein unfassbar tolles Finale«, war Flo begeistert und stieß Ben mit dem Ellbogen gegen die Seite.

Ben nickte. Die Übergabe des Pokals ging eben zu Ende. Ben starrte wehmütig auf die feiernden Spieler.

»Alles in Ordnung?«, fragte ihn Mara.

»Ja«, antwortete er. »Es erinnert mich an die letzte Saison in der Akademie.«

»Verständlich. Du wirst immer ein Teil des Vereins bleiben.« Sie legte die Hand auf Bens Schulter. Ein Lächeln huschte über sein Gesicht.

Die Spieler gingen mit dem Pokal in Richtung der Fankurve. Ben erspähte Rami und winkte ihm zu. Mit einem breiten Grinsen deutete dieser auf den Pokal. Die Mitglieder des Fanclubs hielten ihnen ihre Schals entgegen und begannen zu singen:

Ein Verein, viele Menschen
Mein Verein, keine Grenzen
Bunte Vielfalt, tolle Leute
Gemeinsam morgen, zusammen heute
Das Wappen auf der Brust
Mit Kampf zur Fußballlust
Ob bei Titeln oder Misserfolgen
Unser Steuerrad strahlt golden
FC Tüche, ein Verein
FC Tüche, mein Verein.

Sie sangen ihre Hymne unzählige Male, bis Rami und seine Kameraden das Spielfeld einer um den anderen verließen. Als der letzte Spieler verschwand, begannen die Menschen um Ben, Richtung Ausgang zu strömen.

»Heute wird es lustig werden«, meinte Flo.

»Wo gehen alle hin?«, fragte Ben.

»Wir treffen uns mit dem Fanclub des SV Platisch«, antwortete Flo und rieb sich die Hände.

Ben folgte seinen Fanclub-Freunden. Sie entfernten sich vom Stadiongelände und bogen, angeführt vom Hausmeister, in eine enge Seitenstraße ein. Ben sah eine große Gruppe von Menschen am Ende der Straße auf sie zugehen. Einige in der Menschenschar schwenkten Fahnen in den Farben des SV Platisch. Im Zentrum der Seitenstraße lag ein Kaffeehaus mit einer großen Terrasse, auf der eine Vielzahl an Tischen und Stühlen stand. Dort angekommen, blieben die beiden Fanclubs stehen, nur ungefähr zehn Meter trennten die beiden Fußballgruppierungen.

Der Hausmeister trat aus der Menge in die Mitte. Ein Mann, auf dessen Brust das Logo des SV Platisch prangte und dessen lange schwarze Haare in einer leichten Brise wehten, tat es ihm von der anderen Seite gleich. Ben ließ seinen Blick über die Menge wandern. Keiner der Anwesenden sprach ein Wort, jeder machte eine ernste Miene. Ben sah wieder zum Hausmeister. Dieser streckte seinen Arm aus und bot seinem Gegenüber die Hand an, die der Mann mit den langen Haaren entschlossen ergriff. Beide begannen zu lachen.

Die Mitglieder beider Fanclubs vermischten sich untereinander. Einige setzten sich auf die Terrasse des Kaffeehauses und bestellten etwas zu trinken. Andere diskutierten im Stehen über das Finale.

Mara und Flo unterhielten sich mit Platisch-Fans über das Spiel, während Ben danebenstand. Jemand erregte seine Aufmerksamkeit. Der Mann mit den langen schwarzen Haaren bedeutete Ben, sich zu ihm an den Tisch zu setzen. Er zwängte sich zwischen den Menschen durch zum Tisch und nahm Platz. »Hi.«

»Hallo Ben!«, sagte der Mann.

Ben war verdutzt. »Kennen wir uns?«

Der Mann nickte. »Mein Name ist Arnold. Ich habe dich letzte Saison im Finale der U-17-Akademie gesehen. Du bist ein sehr guter Tormann. Warum bist du nicht im Profikader des FC Tüche?«

»Ich musste eine Entscheidung treffen. Entweder der Fußball oder die Musik.«

»Und du hast dich gegen den Fußball entschieden?«

»Nein. Ich habe mich für die Musik entschieden«, entgegnete Ben.

»Warum die Musik?«

»Beides macht mich glücklich, aber mit der Musik kann ich meine Emotionen besser ausdrücken. Wenn ich den richtigen Ton spiele, kann ich die Menschen berühren. Man braucht keine Worte und jeder versteht es.«

»Das stimmt. Gefällt dir das Treffen der beiden Fanclubs?«

»Ja. Es ist schön, so viele Fußballfans auf einen Haufen beim Diskutieren zu sehen.«

»Das ist eine Tradition. Nach jedem Match treffen wir uns in einem Kaffeehaus oder einer Bar und feiern gemeinsam den Fußball.«

»Eine tolle Tradition. Was ist dir passiert?« Ben deutete auf eine Narbe an Arnolds Kinn.

»Ich hatte vor ein paar Jahren einen Arbeitsunfall. Diese Narbe erinnert mich jeden Tag daran.«

Ben fühlte, dass es Arnold nicht leichtfiel, darüber zu reden. »Das tut mir leid. Wir müssen nicht darüber reden.«

»Es ist in Ordnung.« Ein kurzes Lächeln entkam ihm. »Ich war damals Rettungssanitäter. Bei einem Einsatz wurde ein kleiner Junge angefahren. Wir waren mit ihm mit Blaulicht und Martinshorn auf dem Weg ins Krankenhaus, als uns ein Auto, das von der Polizei verfolgt wurde, die Vorfahrt nahm. Der Fahrer des Rettungswagens, mein Kollege, konnte einen Unfall mit einer Vollbremsung vermeiden. Für einen kurzen Augenblick hatte ich meinen Sicherheitsgurt gelöst, weil dem Jungen das Stofftier aus der Hand gefallen war und ich es aufheben wollte. Bei dem Bremsmanöver verlor ich hinten im Auto den Halt, schlug mit dem Kinn gegen die Trage und wurde bewusstlos. Erst im Krankenhaus kam ich wieder zu mir und erfuhr, dass der Junge es nicht geschafft hatte. Die Polizei teilte uns schließlich mit, dass der Fahrer des Fluchtautos durch dieses Manöver entkommen ist.«

Ben wusste im ersten Moment nicht, was er sagen sollte. »Du sagtest, du warst Sanitäter, bist du es jetzt nicht mehr?«, fragte er nach kurzem Nachdenken.

»Ich kann seit damals in keinen Rettungswagen steigen. Ich weiß nicht, wie ich es am besten beschreiben soll. Wenn ich ein Martinshorn höre, bekomme ich ein mulmiges Gefühl. Nach fast zwei Jahren in Therapie konnte ich wieder meinen Dienst antreten und arbeite nun im Innendienst in der Wache. Vielleicht werde ich irgendwann wieder als Sanitäter tätig sein können, aber im Moment ist das nicht der Fall.«

Ben wusste genau, wie Arnold sich fühlte. Vor der Tournee hatte er mit Sandi eine Reise im Ausland gemacht. Er erinnerte sich an einen besonderen Augenblick.

Ben und Sandi befanden sich an einem Strand. Ein leichter Wind wehte an diesem sonnigen Tag und die beiden suchten sich zwei Liegestühle und machten es sich gemütlich. Sandi sonnte sich, während Ben Musik über seinen MP3-Player hörte und sich umschaute. Hinter dem Strand auf einer Wiese stand eine kleine Hütte. Ein großes Plakat mit der Überschrift »Katamaran-Tour« hing im Aushang. Ben schaute zu Sandi. Ihre Brust hob und senkte sich in der Sonne. Friedlich schlafend ließ er sie zurück, ging zur Hütte und klopfte an die Tür. Keine Antwort. Nochmals schlug er fester dagegen. Wieder nichts. Der Aushang erregte abermals seine Aufmerksamkeit. Ein Zettel wies darauf hin, dass an diesem Tag alle Aktivitäten aufgrund des Windes am Meer ausfallen würden. Schade, dachte er sich und ging enttäuscht zu Sandi zurück und setzte sich auf den Liegestuhl. Sie drehte ihren Kopf zu ihm. Ihre müden Augen strahlten ihm entgegen. »Was machst du?«, fragte sie.

»Nichts, mein Schatz.«

Nach wenigen Momenten war Sandi wieder eingeschlafen. Ben schloss ebenfalls seine Augen und ließ seinen Oberkörper auf die Liege sinken – bis ihn ein eigenartiges Gefühl die Augen öffnen ließ. Sandi saß erschrocken auf ihrem Sessel. Vor ihnen stand ein großer Mann und warf seinen Schatten auf Ben.

»Kennst du diesen Mann, Ben?«, fragte Sandi ängstlich.

Ben schüttelte den Kopf und wandte sich dem Mann zu. »Can I help you?«

»Ich kann euch vielleicht helfen«, antwortete der Mann.

»Sie sprechen Deutsch?«, staunte Ben.

»Ich arbeite im Tourismusgeschäft, da ist es gut, wenn man viele Sprachen kann«, gab der Mann mit einem Lächeln zurück. »Ich habe dich vorher an der Hütte gesehen.« Sandi blickte Ben irritiert an. »Die Katamaran-Tour ist abgesagt, aber ich könnte euch eine Tour anbieten, bei der ihr schnorcheln und Korallen beobachten könnt.«

»Was ist mit dem Wind am Meer?«, fragte Ben.

»Für diese Tour ist der Wind kein Hindernis. Überlegt es euch, das Boot wird in einer Stunde dort drüben halten.« Der Mann zeigte auf eine nicht weit entfernte Landzunge, die ins Meer ragte. »Die Einzelheiten bereden wir, wenn ihr dort seid.« Nach diesen Worten gab der Mann noch ein Lächeln zum Besten und stapfte im Sand davon.

Sandi sah Ben fragend an. »Du wolltest eine Katamaran-Tour machen?«

»Ich weiß, dass es dir gefallen hätte. Und das Schnorcheln auch.«

Sandi grinste. »Du willst das Schnorcheln auch mit mir machen?«

»Ja. Obwohl mir der Typ ein wenig komisch vorkommt. Findest du nicht?«

Sandi nickte. »Schon, aber ich denke, das ist es wert.«

Lächelnd gab Ben Sandi einen Kuss.

Nach einem weiteren Schläfchen gingen sie zum vereinbarten Treffpunkt, aber der Mann war nirgends zu sehen. Nach kurzer Zeit sah Ben in der Ferne ein Motorboot. Als es näherkam, erkannte er den Mann händefuchtelnd an Bord. Hinter ihm saß eine Frau, die das Boot steuerte. Ben und Sandi standen mit Badeschuhen und Rucksack in der Hand im knietiefen Wasser. Als das Boot neben ihnen anhielt, bemerkten sie den maroden Zustand des kleinen Holzbootes. Die Farbe blätterte schon ab und an manchen Stellen waren Löcher im Holz.

Nachdem die Einzelheiten geklärt waren, half der Mann den beiden ins Boot. Zu Bens Verblüffung wünschte er ihnen viel Spaß und stieg aus dem Boot aus. Überrascht warfen sich Ben und Sandi einen Blick zu. Erst jetzt fiel Ben auf, dass sie bis zu den Knöcheln in Wasser standen.

Ohne ein Wort zu sagen, übernahm die Frau wieder das Steuer, stellte einen Eimer an ihre Seite und fuhr vom Strand weg.

»Do you speak English?«, fragte Ben vorsichtig. Er bekam keine Antwort. »Oder Deutsch?«, fragte er, diesmal mit mehr Nachdruck.

Die Frau schüttelte den Kopf. Sie nahm den Eimer, tauchte ihn ins Wasser, das sich inzwischen im Boot angesammelt hatte, und schüttete den Inhalt des vollen Eimers ins Meer.

Ben schluckte. »Hast du dir das so vorgestellt, Sandi?«

Sie verneinte, sah ängstlich auf das viele Wasser im Boot und presste sich an Bens Seite.

Kleine Wellen schlugen von außen gegen den Kahn, ließen ihn hin und her schaukeln und drückten Wasser durch die Löcher. Der Strand wurde immer kleiner. Bald war er verschwunden und sie waren am offenen Meer. Die Frau stoppte, befestigte außen eine kleine Leiter aus Aluminium und gab den beiden mit einer Handbewegung zu verstehen, dass sie nun ins Wasser gehen konnten.

Ben und Sandi setzten sich ihre Taucherbrillen auf. Langsam kletterte Ben die Leiter hinunter ins bewegte kalte Wasser. Sandi folgte ihm, atmete tief ein und tauchte unter. Nach wenigen Sekunden kam sie wieder zur Wasseroberfläche. »Das ist wundervoll, Ben«, sagte sie und strahlte über das ganze Gesicht.

Für Ben war es kräftezehrend, sich bei dieser unruhigen See über Wasser zu halten, und er tauchte ebenfalls ab. Selten hatte er in der Natur so viele Farben auf einmal gesehen. Gelbe, orange und blaue Fische schwammen in Schwärmen umher. Darunter leuchtete das Korallenriff in Rosa, Violett und unzähligen weiteren Farben.

Ein großer Ruck ließ Ben ein gutes Stück weitertreiben. Erschrocken tauchte er auf. Platsch. Eine Welle klatschte ihm mitten ins Gesicht und er blickte zum Boot. Die Leiter war weg.

Bens Atmung wurde unkontrolliert, seine Lungen verlangten nach mehr Luft. Panik machte sich bei ihm breit. Sandi kam angeschwommen und fragte, was los sei. Ben konnte nicht antworten. Er bedeutete der Frau, dass er wieder ins Boot wollte. Diese montierte die Leiter und half Ben ins Boot. Sandi kletterte nach ihm hinein und konnte gerade noch Bens Taucherbrille ausweichen, die er in eine Ecke des Boots schmiss, bevor er sich setzte. Entschlossen bedeutete Sandi der Frau mit Handzeichen, zum Strand zurückzukehren. Dann legte sie einen Arm um Ben, der zitterte und versuchte, seine Atmung in den Griff zu bekommen. Endlich atmete er wieder normal. Glücklich, wieder festen Boden unter seinen Füßen zu spüren, stiegen beide am Strand aus dem Boot.

»Ich kann dich verstehen«, sagte Ben. Arnold fixierte seinen Blick nachdenklich auf Ben und nickte freundlich.

Ein Platisch-Fan gestikulierte in der Ferne und rief Arnolds Namen.

»Ich muss los«, sagte dieser. »Wir werden uns bestimmt wieder sehen.«

»Wenn du Lust hast, kannst du gerne zu einem Konzert von mir kommen«, entgegnete Ben.

»Sehr gerne«, sagte Arnold und ließ Ben allein zurück. Dieser mischte sich unter die anderen Fußballfans, genoss die freundschaftlichen Gespräche und ging im Anschluss nach Hause.

Am nächsten Morgen befand sich Ben zeitig im Musikladen und traf dort Anton, der hinter dem Ladentisch stand und CDs sortierte.

»Hallo Ben«, grüßte er.

»Hallo. Ich konnte Nick zu Hause nicht finden. Ist er zufällig hier?«

Anton deutete mit dem Kopf ins Büro. »Geh durch.«

Ben öffnete die Bürotür. Der Raum war nicht besonders groß. Unzählige Aktenschränke standen an den Wänden und in einer Ecke befand sich ein Sofa. Nick saß an einem Schreibtisch in der Mitte des Raumes und grübelte über einem Stapel Papier. Er sah erschöpft und müde aus. Hinter ihm fiel das Sonnenlicht durch ein Fenster auf den Boden.

»Die Zahlen werden nicht besser, wenn du sie anstarrst«, scherzte Ben.

»O hallo«, sagte Nick und legte das Papier zur Seite.

»Ich habe versucht, dich zu erreichen«, begann Ben.

»Mein Handy liegt zu Hause auf einer Kommode. Komm rein und setz dich. Was verschafft mir das Vergnügen?« Nick zeigte auf einen Sessel neben dem Schreibtisch.

»Ich wollte mit dir etwas bereden, das mir sehr wichtig ist.« Ben sah Nick nicht direkt in die Augen, sondern an ihm vorbei.

»Und was ist derart wichtig und bereitet dir Unbehagen?«

Ben atmete tief ein und aus. »Ich möchte zusammen mit deinem Sohn Wolfgang den Laden führen.«

Für einige Sekunden spürte Ben eine Kälte im Büro und Nicks Miene versteinerte sich. »Das kann ich nicht zulassen.«

»Ich weiß, euer Verhältnis ist nicht gut, aber bitte hör mir zu. Ich habe mit ihm geredet und wir haben ein System entwickelt, das das Geschäft erneuert, ihm aber nicht die Seele nimmt. Es wird weder in seine Kette eingegliedert noch großartig umgebaut. Nur renoviert, die Elektronik erneuert und die Steuerung an die heutige Zeit angepasst. Der Kunde steht im Vordergrund.«

Ben erzählte die Einzelheiten und Nick hörte gespannt zu. »Und abschließend«, setzte Ben zum letzten Argument an, »konnten wir eine tolle Werbefigur für den Musikladen gewinnen.«

Nicks Augen weiteten sich. »Wen?«

»Chris. Er wird die Jugend auf das Geschäft aufmerksam machen.«

Nick überlegte einige Momente. »Ich kann dir heute noch keine Entscheidung darüber geben. Mein Sohn müsste für dieses Projekt viele seiner Ansichten ändern und sein Ego zurückstecken. Wie hast du ihn dazu gebracht, auf so etwas einzugehen?«

Ben kramte mit der Hand in seiner Hosentasche. Er holte etwas hervor und zeigte es Nick. »Ich habe ihm das gezeigt. Du hast es im Krankhaus verloren.«

Nick lächelte. Seine Augen wurden glasig. »Das ist das letzte Foto von mir und Wolfgang. Es entstand ein paar Wochen, bevor er eingeschult wurde. Wir waren ein Herz und eine Seele. Er half mir im Laden und lernte früh, wie man mit den Instrumenten umgeht. Seine Begabung dafür ist groß. In seiner Schulzeit entfernten wir uns voneinander. Sein Lebensmittelpunkt veränderte sich. Erfolg und Ansehen wurden zunehmend wichtiger für ihn. Darum zog er ein Leben in Amerika unserem hier vor.«

»Aber er ist doch ein angesehener Geschäftsmann. Bist du kein bisschen stolz auf ihn?«, fragte Ben.

»Ich bin sehr stolz auf ihn. Das hat aber nichts mit seinem Erfolg zu tun. Jeder setzt sich seine eigenen Ziele und entscheidet, ob er dabei erfolgreich ist oder nicht. Ich bin stolz, weil er zu einem kompetenten jungen Mann herangewachsen ist. Und mit Ausnahme des Geschäftlichen auch ein netter Junge ist.« Nick lief eine Träne die Wange hinab.

»Das konnte ich bei unserem Gespräch auch beobachten. Er wurde ebenfalls emotional, als er das Foto sah. Ich denke, ihr solltet miteinander reden.«

Nick wischte sich die Träne weg, stand auf und ging zum Fenster. Ein Sonnenstrahl traf ihn im Gesicht und erhellte es.

»Es ist sehr viel passiert. Vielleicht zu viel. Ich werde dir meine Entscheidung bezüglich des Musikladens in den nächsten Tagen mitteilen«, sagte er streng.

Ben ging erleichtert zu ihm und umarmte ihn. »Pass auf dich auf und überarbeite dich nicht.«

Er verließ den Musikladen und machte sich auf den Heimweg.

15
Paul

»Was meinst du dazu, Buddy?« Paul saß in seinem Zimmer, wo Buddy in seinem Körbchen lag und sein Frühstück verdaute. Seine großen braunen Augen fixierten Paul.

»Du hast recht«, sagte dieser. »Ich muss zum FC Tüche gehen. Ich kann dich dabei leider nicht mitnehmen. Dad wird auf dich aufpassen, mein Junge.« Er gab seinem Hund einen Abschiedskuss auf den Kopf, kraulte ihn noch hinter den Ohren und verließ das Zimmer.

»Dad, pass heute bitte auf Buddy auf. Ich komme am Abend wieder nach Hause.«

Sein Vater stand im Wohnzimmer vor einem großen Spiegel. »Geht klar, Paul«, schrie er ihm nach und grummelte dann: »Nein, das ist nicht gut für eine Arbeitsstelle.«

Paul griff sich sein Rad und trat in die Pedale. Nach kurzer Zeit wichen die Einfamilienhäuser den Reihenhäusern der Stadt. Er kam am Vereinsgelände seines Ex-Vereins an, stellte sein Rad ab und betrat die Bürogebäude. Die Dame am Empfang versuchte ihn abzuwimmeln, er machte ihr jedoch klar, dass er unbedingt die Vereinsführung sprechen wollte. Sie meinte, er sollte am Empfang warten, sie wolle schauen, was sie tun könne, und verschwand hinter einer Tür. Aufgeregt überlegte er sich seine Worte. Nach wenigen Augenblicken kam die Dame zurück und bat ihn, ihr zu folgen. Sie brachte ihn in ein geräumiges Büro, in dem unzählige Bilder von verschiedenen Tüche-Mannschaften und Wimpel anderer Vereine an den Wänden hingen.

»Bitte setz dich, Paul«, wies ihn ein Mann an, der zur Tür hereinkam, und er nahm hinter einem Schreibtisch Platz. »Wie können wir dir als FC Tüche behilflich sein?«

»Danke, dass Sie spontan Zeit für mich gefunden haben.«

Der Mann nickte verständnisvoll.

»Ich möchte mich bei Ihnen für mein Verhalten in der Akademie entschuldigen. Es war unverantwortlich und ich habe meine Mannschaft und den Verein in ein schlechtes Licht gerückt.«

»Dir sei verziehen. Das ist aber nicht der einzige Grund für deinen dringlichen Besuch, nicht wahr?«

»Ich habe eine Bitte.« Paul ging die Worte, die er sich überlegt hatte, durch, aber sie waren verschwunden.

»Wir können dich nicht noch einmal in die Akademie aufnehmen, Paul.«

»Das ist nicht der Grund. Ich möchte mit Ihnen gemeinsam für den FC Tüche eine Mannschaft für beeinträchtigte Menschen organisieren und bereitstellen.«

Der Mann stand auf und ging quer durch das Büro. »Das ist eine nette Geste von dir. Aber wir haben weder die Quantität in der Mitarbeiterschaft noch das nötige Kleingeld dafür, um eine weitere Mannschaft zu stellen.«

»Ich kenne eine Organisation, die sich bestimmt dafür einsetzen und Hilfe anbieten würde.«

Ein kleines Lächeln huschte über das Gesicht des Mannes. Er lehnte sich neben Paul gegen den Schreibtisch. »Wir können keine fremde Organisation einfach so in den Verein spazieren lassen. Wir arbeiten mit vereinsbekannten Personen und Vereinen und dabei ist dein Vorhaben nicht machbar.«

Paul hatte das Gefühl, dass sein Gesprächspartner keine Lust auf seinen Vorschlag hatte, egal welche Lösung er nennen würde. Das machte ihn wütend und er atmete tief durch.

»Schade. Vielen Dank für Ihre Zeit«, sagte er zähneknirschend und stand auf. Entmutigt verließ er das Vereinsgebäude, stieg auf sein Rad und fuhr davon.

»Paul?«

»Hallo«, entgegnete Paul. »Kennen wir uns?« Ein stämmiger Junge mit blonden schulterlangen Haaren stand ihm gegenüber.

»Ich bin es, Joey.«

Pauls Augen weiteten sich. »Joey? Wow. Du hast dich verändert … seit dem Kindergarten.«

Joey betrachtete Paul. »Du bist auch ein wenig gewachsen.«

Beide grinsten über den Witz. »Wie kann ich dir helfen? Möchtest du eine Bestellung in der Tischlerei meiner Eltern aufgeben?«

»Ehrlich gesagt würde ich mich gerne wegen einer Arbeit erkundigen.«

»Wirklich?« Joey überlegte kurz. »Komm mit!«

Paul folgte Joey durch das Eingangsportal. Dahinter befand sich ein großer Eingangsbereich, in dem ein Mädchen am Empfangstisch saß. Ihre Haare waren zu einem Dutt gebunden und sie blickte konzentriert in einen Computer. Als sie die beiden sah, zauberte sie ein Lächeln in ihr Gesicht, gefolgt von einem freundlichen »Guten Morgen!«. Joey schleuste Paul durch eine Tür in die Produktionshalle. Direkt nach dem Durchgang in der Ecke neben ihnen waren unzählige Hölzer aufgereiht und warteten auf ihre Bearbeitung. Daneben stand ein großer silberner Kasten. Paul blieb stehen und betrachtete ihn näher.

»Das ist die Absaugung. Die Rohre verlaufen zu allen Maschinen.« Joey deutete nach oben unter das Dach.

In der Mitte der Halle stand eine Maschine, die den meisten Platz einnahm. »Was ist das für ein Gerät?«

Joey trat näher heran. »Das ist die Formatkreissäge.« Die Säge hatte einen im rechten Winkel abstehenden Schiebetisch. »Die grüne Maschine dahinter ist die Langbandschleifmaschine. Die restlichen Arbeitsgeräte in diesem Raum sind verschiedene Hobel- und Bohrmaschinen und die Tischfräse. Komm, wir gehen in die zweite Halle.«

»Joey?«, das Mädchen vom Empfang stand hinter ihnen. »Dein Vater möchte dich in seinem Büro sprechen.«

»Wir sind schon auf dem Weg«, sagte Joey und drehte sich zu Paul, nachdem das Mädchen weg war. »Sie macht eine Lehre zur Bürokauffrau. Sie ist ein nettes Mädl.«

Nach wenigen Minuten kamen sie wieder in dem Bürokomplex an und Joey zeigte auf eine Tür.

»Das ist das Büro meines Vaters«, erklärte er und leitete Paul in das Büro.

»Du kleiner Streber!« Lara hielt Pauls Zeugnis in der einen und einen Apfel in der anderen Hand. Sie saßen im Baumhaus und feierten Pauls erfolgreichen Schulabgang.

»Geschafft ist geschafft«, murrte Paul.

»Ernsthaft. Gratuliere zum Abschluss.« Sie biss in den Apfel.

»Danke. Die Nachhilfestunden haben mir sehr geholfen.«

»Dein Nachhilfelehrer wird stolz auf dich sein.«

»Ich hoffe es.«

In Gedanken vertieft schaute Paul aus der kleinen Öffnung an der Seite des Baumhauses. In der Ferne sah er drei Rehe über das Gras streifen. An einem Strauch machten sie Halt und schnupperten an den Blättern. Plötzlich reckte das größte der drei den Hals und sah konzentriert in eine Richtung. Blitzschnell rannten die Rehe wie auf ein Kommando in den Wald. Paul folgte den Rehen mit seinem Blick und sah einen Hasen, der über die Wiese zu dem Strauch hoppelte, an dem eben noch die Wildtiere gestanden hatten.

»Ich bin morgen wieder an der Uni.«

Paul schüttelte seine Gedanken fort. »Bitte was?«

»Meine Auszeit vom Studium ist morgen zu Ende«, sagte Lara.

»Schade. Ich habe unsere Zeit genossen. Kommst du wieder?«

»Ich weiß es nicht.«

»Wir bleiben trotzdem in Kontakt.«

Lara nickte. »Hast du dich entschieden, was du in Zukunft machen möchtest?«

»Nein. Ich war heute bei Joey in der Tischlerei. Sein Vater hat mir eine Lehrstelle als Tischler angeboten. Ein Sozialpädagogik-Studium wäre aber auch toll.«

»An welcher Universität würdest du studieren?«

»An derselben wie du. Wir würden uns öfter sehen.«

»Das wäre schön. Du solltest die Entscheidung nicht überstürzen.«

Die beiden saßen schweigend nebeneinander, bis Lara auf ihre Uhr blickte. »O nein. Ich muss nach Hause. Kommst du mit?«

»Ich bleibe noch ein wenig hier.«

»In Ordnung. Ich komme morgen vor meiner Abreise zu dir«, sagte Lara und kletterte die Strickleiter hinunter.

16
Rami

»Du hast eine tolle Leistung geboten, Rami.«

»Danke, Dad.«

»Hast du die Schlagzeilen am Tag nach dem Pokal-Finale gelesen? Du wurdest zum ›Spieler des Tages‹ ernannt.«

»Ja, das habe ich mitbekommen.«

»Ich bin stolz auf dich und Marik wäre es auch gewesen.«

Rami schluckte. »Marik?«

»Paul hat mir beim Match erzählt, dass Mariks letzte Worte an dich ›Ich hasse dich‹ waren.«

»Das habe ich Paul im Vertrauen gesagt«, sagte Rami und war erzürnt darüber.

»Er meint es gut und möchte dir damit helfen, deshalb hat er es mir gesagt. Du weißt, dass Marik dich vergötterte und du für ihn ein Vorbild warst.«

Rami wandte seinen Blick von seinem Vater ab. Er versuchte das Thema abzublocken, aber sein Vater sprach weiter.

»Er liebte dich. Das musste er dir nicht sagen, das hast du gespürt.« Er ging zu Rami und zog ihn an sich heran. Rami gestand sich ein, dass das die Wahrheit war. Bevor sein Bruder Marik starb, wollte er jede Sekunde mit Rami verbringen.

»Hast du mit Peter über seine Verletzung gesprochen?«, fragte sein Vater, nachdem sie sich auf die Couch gesetzt hatten.

»Ja. Er wird mindestens ein halbes Jahr ausfallen.«

»Du hast gezeigt, dass du ihn ersetzen kannst. Und wenn er wieder fit ist, wirst du dich mit ihm und dem neuen Transfer um die Stammplätze duellieren.«

Rami nickte. »Peter tut mir leid. Ich hoffe, er kommt wieder gestärkt nach der Zwangspause zurück.«

»Bestimmt.«

Rami befand sich mit seinem Vater in dessen Wohnzimmer. Die Einrichtung war schön, aber nichts Außergewöhnliches.

»Deine neue Wohnung gefällt mir«, sagte Rami nach einiger Zeit. »Ich finde sie gemütlich.«

»Danke.«

»Bevor du mir die Neuigkeit, für die ich herkommen sollte, mitteilst«, begann Rami, »beantworte mir eine Frage. Welcher Anruf war vor dem Spiel wichtiger als ich?«

Die Miene seines Vaters wurde ernst. »Das ist die Neuigkeit. Es ging dabei um dich. Der Verlag möchte einen zweiten Fußballroman veröffentlichen. Darin soll deine Geschichte erzählt werden. Wenn du damit einverstanden bist?«

Rami stockte anfangs der Atem. »Natürlich bin ich das«, antwortete er enthusiastisch.

»Perfekt. Du kannst nächste Woche mit dem Verlag die Einzelheiten klären.«

Die Sonne näherte sich langsam dem Horizont und Rami machte sich auf den Heimweg. An diesem Tag war reger Verkehr auf und neben der Straße. Menschen drängten sich an den Schaufenstern der Geschäfte vorbei. Rami wich einer Frau aus, die ihr Kleinkind an der einen und eine Einkaufstüte in der anderen Hand hielt, und stieß mit einer Person in einem grauen Kapuzenpullover zusammen, die gerade durch eine Tür auf den Gehsteig trat.

»Entschuldigung«, sagte er. Unter der Kapuze konnte er sein Gegenüber schwer erkennen, doch dann sah er das Gesicht. »Alex?«

Alex zog sich die Kapuze weiter ins Gesicht. Er war bleich. Unter seinen Augen befanden sich dunkle Ringe.

»Geht es dir gut? Bist du krank?«, fragte Rami.

Alex antwortete nicht. Er wandte sich wieder zur Tür, durch die er gekommen war, und bedeutete Rami mitzukommen. Rami folgte ihm über einen Innenhof in ein Haus. Sie passierten den Eingangsbereich und betraten ein Esszimmer. Auf dem Tisch stand ein Laptop, den Alex nun hochfuhr. Es dauerte nicht lange und Alex drehte das Gerät zu Rami.

Auf dem Laptopbildschirm war ein Video aus dem Internet geöffnet. Dieses zeigte Alex' Schuss in der letzten Minute des Finales. Die Kommentare unter dem Video ließen Ramis Adern zu Eis gefrieren. Sie machten Witze über Alex. Manche waren nur kleine Seitenhiebe gegen ihn, aber viele gingen unter die Gürtellinie. Rami las sie alle durch.

Alex stand wortlos neben ihm. Die Immunität des Internets brachte die schlechteste Seite der Nutzer hervor. Man konnte die Kommentare, die ihn in Schutz nahmen, an einer Hand abzählen.

Keiner der Kommentierenden dachte an die Folgen seiner Postings. Das Ergebnis dieser Kommentare stand direkt neben Rami: ein absolut verunsicherter und kranker Alex.

»Anfangs habe ich sie ignoriert. Aber es wurden immer mehr und mehr. Ich konnte nicht aufhören, sie zu lesen. Seitdem kann ich nicht mehr schlafen. Immer wieder sehe ich die Szene vor mir und wie sich die Leute darüber lustig machen.«

»Diese Kommentare sind schrecklich. Du bist ein genialer Fußballer, besser als jeder, der das Video kommentiert hat. Diese Menschen wissen nicht, was sie mit ihren Worten anrichten. Wo wolltest du vorhin hingehen?«

Alex zuckte mit den Schultern und senkte seinen Blick auf den Boden.

Rami klappte den Laptop zu und stand auf. »Ich bin gerade auf dem Heimweg. Willst du mitkommen und ein wenig zocken?«

»Eigentlich wäre ich lieber allein.« Für einen kurzen Moment konnte Rami ein Lächeln bei Alex erkennen. »Aber ich versuche es. Vielleicht hilft es.«

17
Christian

»Du gehst so früh am Morgen fort?«, fragte Sandi.

»Ja«, antwortete Christian. »Ich helfe Samuel und Anna.«

»Wie kommst du dorthin? Hast du dir ein Taxi bestellt?«

»Nein. Ich fahre mit dem Bus. Ich mache einen kleinen Fußmarsch zur Haltestelle. Bis später.«

Christian verließ das Haus. Das morgendliche Vogelgezwitscher begleitete ihn den gesamten Weg zur Haltestelle. Dort angekommen, setzte er sich auf eine Bank und wartete auf den Bus.

»Chris?«

Verdutzt sah Christian auf, um zu sehen, wer ihn angesprochen hatte. »Hallo Lukas.«

»Schön, dich zu sehen. Wie ist es dir in England ergangen?«

Christian schwieg. Er wusste nicht, was er sagen sollte.

»Möchtest du deshalb nach Tüche zurück?«

Erstaunt blickte Christian auf. »Woher … oh … ich vergaß, dass du als Akademietrainer davon erfahren hast.«

»Sie haben alle Trainer über deinen möglichen Transfer in Kenntnis gesetzt. Der Verein war von meiner Co-Trainer-Tätigkeit in eurer U-17-Mannschaft letzte Saison begeistert und ich durfte in dieser Meisterschaft die Stelle als U-16-Trainer des Mädchenteams antreten. Es sind ausgezeichnete Mädels dabei. Eines hat ein Auge auf dich geworfen«, grinste Lukas.

»Auf mich? Wie heißt sie?«

»Conny. Sie war das Mädchen, das den Ball auf das Taxi geschossen hat. Seitdem schwärmt sie von dir.«

Christians Wangen verfärbten sich leicht rosa.

»Wir haben heute am Nachmittag in der Akademie das Abschlusstraining für diese Saison. Schau doch vorbei.«

»Sehr gerne. Ich muss vorher noch etwas erledigen und werde euch danach besuchen.«

Die Arbeit bei Samuel und Anna war alles andere als erfreulich. Die beiden stritten häufig und waren sehr gereizt. Auch die Nachricht, dass Christian im Sommer nach Tüche wechseln würde, verbesserte die Stimmung nicht.

Christian begrüßte neuankommende Gäste, zeigte ihnen das Anwesen und brachte ihr Gepäck in die Unterkünfte. Samuel sah erledigt aus und sie sprachen kein Wort über ihren Comic. Am Ende seiner Schicht ging er zu Samuel ins Wohnzimmer und wollte sich von ihm verabschieden, als er Samuels Gesicht wahrnahm, das fahler als sonst war.

»Ich weiß nicht, was ich machen soll, Chris. Anna und ich können in letzter Zeit kein normales Wort miteinander reden. Es artet immer in Zank aus. Mehrmals habe ich versucht, mit ihr zu sprechen, und habe ihr gesagt, wie sehr ich sie liebe.« Entkräftet setzte er sich auf die Couch und senkte den Kopf.

Christian legte eine Hand auf Samuels Schulter. »Du musst es ihr nicht sagen, zeig es ihr.«

Samuel hob seinen Blick. Er starrte Christian mit großen Augen an. Einige Sekunden vergingen.

»Du hast recht«, sagte er und stand auf. »Danke, Chris. Wir sehen uns. Ich habe eine Idee.« Mit schnellen Schritten verließ er das Wohnzimmer.

Als Christian in der Akademie ankam, lief das Abschlusstraining noch. Er setzte sich auf der Tribüne in die erste Reihe und beobachtete die Spielerinnen. Lukas stand zusammen mit einer Frau im Mittelkreis, inspizierte die Übung und gab Ratschläge. Die jungen Spielerinnen spielten sich die Bälle zu und schlossen die Aktionen mit einem Torschuss ab.

Christian sah Conny, die ihre schwarzen langen Haare zu einem Pferdeschwanz gebunden und mit einem Haarband fixiert hatte. Sie bekam den Ball von einer Mitspielerin, legte ihn sich mit einer Berührung vor und zog mit dem linken Bein durch. Der Ball flog in hohem Bogen unhaltbar in die lange Ecke des Tores. Dieses Spektakel wiederholte sie von der anderen Seite mit dem rechten Bein, ehe im dritten Versuch die Torfrau den Ball mit einer mutigen Parade abwehren konnte und ein Pfiff ertönte.

»Das war es für heute«, verkündete Lukas und rief die Mannschaft zusammen. Nach einer Ansprache gingen die Jugendlichen in die Kabine und Lukas setzte sich neben Christian.

»Was sagst du, Chris?«

»Ihr Abschluss ist fantastisch und sie bewegt sich gut. Ich denke, sie könnte eine großartige Spielerin werden.«

»Da hast du recht. Und sie hat zudem auch etwas im Köpfchen. Sie ist eine Einserschülerin. Es gibt kaum jemanden, der sie nicht mag.«

»Das ist beeindruckend.«

»Die Direktorin sagte mir letzte Woche, dass eine Modelagentur aus der Nachbarstadt auf sie aufmerksam geworden ist. Ihr stehen somit viele Türen offen. Ich bin gespannt, durch welche sie gehen wird.«

Christian nickte zustimmend. »Wer ist das?« Er zeigte auf die Frau, die vorhin mit Lukas im Mittelkreis gestanden hatte. Sie räumte die Trainingsutensilien vom Feld und marschierte anschließend in Richtung der Kabine.

»Das ist die Co-Trainerin des Teams. Wir haben zusammen die Trainerausbildung gemacht und ich war froh, als der Verein sie mir zur Seite gestellt hat. Sie versteht sehr viel vom Fußball.«

Die Kabinentür öffnete sich und die Mädchen strömten in Scharen heraus. Conny verabschiedete sich von den anderen und ging auf Christian und Lukas zu. Der Pferdeschwanz war verschwunden. Stattdessen fielen ihr schwarze Locken auf die Schultern. Sie setzte sich zu den beiden.

»Hallo Conny«, sagte Lukas. »Wir sehen uns später.« Er stand auf und ging davon.

»Ich habe deine letzten Schüsse gesehen. Die waren famos«, sagte Christian.

»Danke. Ich habe letztes Jahr einige eurer Trainings in der Akademie beobachtet. Dort hast du ähnliche Abschlüsse gemacht.«

Wieder nahmen Christians Wangen einen rosa Farbton an. »Danke. Lukas hat mir erzählt, dass eine Modelagentur auf dich aufmerksam geworden ist.«

Conny lächelte bescheiden. »Solche Dinge hören sich nett an, aber ich möchte nicht über mein Äußeres beurteilt werden. Und schon gar nicht dafür bezahlt. Ich habe dankend abgesagt.«

»Das würde nicht jeder machen. Dafür hast du meinen Respekt.«

Nun färbten sich Connys Wangen zart rosa. »Ich muss nach Hause. Vielleicht sehen wir uns irgendwann wieder«, sagte sie.

»Das fände ich schön«, entgegnete Christian.

Conny stand auf und ging weg. Nach einigen Metern drehte sie ihren Kopf. Ihre Haare flatterten durch die Luft und sie gab Christian einen Blick zum Abschied.

18

»Danke, dass du mich hierher mitgenommen hast, Rami.« Alex saß mit Rami im Kaffeehaus auf der Terrasse. Sein Zustand hatte sich verbessert, wenngleich er noch immer kränklich aussah. »Ich mach mich auf den Weg. Wir sehen uns das nächste Mal bei dir zum Zocken.«

Alex erhob sich und ging davon. Rami sah ihm erfreut hinterher.

»War das Alex?«, fragte Christian, der sich in diesem Moment mit Ben an den Tisch setzte.

»Ja«, antwortete Rami. »Ich habe ihm bei etwas geholfen.«

»Ist bestimmt keine leichte Zeit für ihn, nachdem er zum zweiten Mal in einem Finale gegen Tüche verloren hat.«

Rami stimmte nickend zu.

»Also«, schaltete Ben sich ins Gespräch ein. »Wieder ist ein Jahr um und wir treffen uns hier. Die Zeit vergeht wie im Flug. Wie geht ... was soll das!?« Ben zuckte mit dem Fuß. Er spürte etwas Kaltes an seinem Bein und sah unter den Tisch.

»Buddy, komm wieder her!«, hörte Ben eine Stimme in der Ferne und blickte auf.

»Paul? Was machst du hier?«, fragte Christian erstaunt.

»Hallo Leute«, antwortete Paul betroffen.

Rami räusperte sich. »Ich habe ihn eingeladen.«

»Du hast was?«, war Ben erbost. »Habt ihr noch Kontakt? Wir haben versucht, dich zu erreichen, Paul. Aber du hast weder unsere Anrufe angenommen noch zurückgerufen.«

Im Vorbeigehen nahm der Kellner die Getränkebestellung auf und verschwand ins Innere des Kaffeehauses.

»Ich habe mich geschämt. Für das, was ich getan habe und wie ich euch und die anderen behandelt habe. Rami hat mir Nachhilfe gegeben, damit ich die Schule, in die ich gewechselt habe, positiv abschließe.« Paul wandte sich an Rami und blickte ihm in die Augen. »Danke dafür, ich habe den Abschluss geschafft. Mein Vater hat seine Alkoholsucht in den Griff bekommen und arbeitet nun als Verkäufer. Die letzten Wochen waren sehr intensiv und es tut mir wirklich leid. Könnt ihr mir verzeihen?« Paul blickte in die Runde.

»Es ist toll, dass du und dein Vater euer Leben positiv verändert habt«, begann Christian. »Wir haben dich vermisst und sind froh, dass du wieder hier bist. Natürlich verzeihen wir dir, Paul. Seit wann hast du einen Hund?«

»Danke, Chris. Buddy war meine Rettung. Jemand hat ihn ausgesetzt und ich habe ihn vor zwei Wochen gefunden.« Paul kraulte Buddy, der neben ihm hockte und neugierig den vorbeifliegenden Vögeln nachschaute, hinter dem Ohr.

»Er ist cool«, sagte Rami. »Was machst du nun mit deinem Abschluss? Beginnst du ein Studium?«

Pauls Miene wurde ernst. Er dachte an Laras Universität. »Nein. Ich beginne eine Tischlerlehre in Tüche. Wie ist das vergangene Jahr für euch gelaufen?«, fragte er, um mehr zu erfahren.

»Sportlich nicht besonders gut«, begann Christian. »Deshalb werde ich nächste Saison wieder in Tüche spielen. Nebenbei werde ich Samuel und Anna in ihrem Bed and Breakfast unter die Arme greifen und ich arbeite zusammen mit Samuel an Geschichten für unseren Comicbuch-Charakter.«

»Du wirst in Tüche bestimmt wieder zu alter Form finden. Und deine fantasievollen Erzählungen waren immer schon beeindruckend«, baute Ben ihn auf. »Übrigens muss ich dich fragen: Hast du das Video von Layla bezüglich eurer Trennung gesehen?«

»Ja. Und auch, dass die Leute ihr das nicht glauben. Sie hat mit dem Video viele ihrer Fans verloren«, fasste Christian zusammen.

»Zu Recht«, meinte Paul. »Ich habe das Video gesehen und wusste sofort, dass du das nicht machen würdest. Wie läuft es mit deiner Musikkarriere, Ben?«

»Gut. Die Tournee war großartig und ich bin nun fixer Bestandteil der Band. Aufgrund von Nicks Gesundheitszustand ist die nächste Tour aber ungewiss. Aber er hat mich gestern informiert, dass ich zusammen mit seinem Sohn Wolfgang den Musikladen übernehmen werde. Der Fußball ist nicht ganz aus meinem Leben verschwunden. Ich bin Mitglied im Tüche-Fanclub.«

»Dann könntest du mir vielleicht helfen, Ben«, entgegnete ihm Paul. »Ich möchte mit den Vereinsvorständen des FC Tüche eine Mannschaft für Menschen mit Beeinträchtigung organisieren. Der Fanclub könnte dabei als Unterstützung dienen, um die Vereinsführung zu überzeugen.«

»Das hört sich gar nicht mal so schlecht an. Ich werde es beim nächsten Fanclub-Treffen erwähnen.«

»Danke.«

Der Kellner kam aus dem Kaffeehaus und stellte die Getränke auf dem Tisch ab.

Rami hob sein Glas. »Damit sind wir vier wieder in Tüche vereint. Anders als zuvor, aber wir sind füreinander da. Auf unsere Freundschaft!«

Die drei anderen stimmten lachend ein und erhoben ebenfalls ihr Glas.

»Auf unsere Freundschaft!«, sagten sie gemeinsam.

Dank

Ich danke meiner Familie, meinen Verwandten und Freunden, insbesondere Sandra, die mich, egal bei welchem Thema, immer unterstützt haben. Und natürlich meinen beiden Testlesern Huwi und Luki.

Für die gute Zusammenarbeit danke ich Nikolas Karner mit seiner Organisation SPIELERPASS und Stefan Maierhofer.

Weiters danke ich dem Team der edition keiper für die Bereitschaft, mein Buch ins Programm aufzunehmen, für die guten Gespräche und das unkomplizierte gemeinsame Arbeiten an meinem Buch.

Um ein Buch fertigzustellen, muss es korrigiert und lektoriert werden. Daher möchte ich mich bei allen mitwirkenden Personen bedanken, besonders bei Mag. Maria Ankowitsch, die mir bei der Textarbeit mit Rat und Tat sowie zahlreichen Tipps zur Seite stand.

Rainer Kitting, geb. 1991 in Hartberg, lebt und arbeitet in der Oststeiermark. Geschichten, in denen es um Fußball geht, faszinierten ihn schon immer. Als Jugendlicher verbrachte er seine Freizeit meist auf dem Fußballplatz und in Konzerthallen. Es ist also nicht verwunderlich, dass es in seinen Büchern auch um Fußball geht …

Autoren-Facebookseite: Rainer Kitting

Instagram: @rainer_kitting

Mail: rainer.kitting@gmx.at